EL GRITO
DE
ATRABILIS

LA
AFONÍA DE LA DESESPERANZA
Y
OTROS POEMAS

SEGUNDA EDICIÓN

POR

ENRIQUE ANICO TAVERAS

El Grito de Atrabilis

La

Afonía de la Desesperanza

y
otros poemas

Por

Enrique Anico Taveras

Autor: Enrique Anico Taveras

Título: El Grito de Atrabilis, La Afonía de la Desesperanza
        y Otros Poemas
Subtitulo: La Afonía de la Desesperanza

Editor: Enrique Rosario Anico Taveras

ISBN: 9781734763324

Dirección: 455 Main Street, New York, NY 10044

Colección Poesía, Cien Poemas.

Primera Edición, Septiembre 17, 2020
Segunda Edición, Septiembre 09, 2025

Poemas de la Colección: Enrique Anico Taveras
        (06/04/1989 – 09/16/2020)

Dirección Editorial: Enrique Anico Taveras

Diseño de Portada: Enrique Anico Taveras

Diagramación, Diseño y Portada: Enrique Anico Taveras

Contacto: anicotav@yahoo.com
          anicotav9@gmail.com

Índice

Prólogo Para Esta Edición

Existe un consenso universal sobre la apreciación de la poesía. La cual no deja de ser como todo valor que se persigue cuando nos enfrascamos en el amplio mundo de lo abstracto, y aquello ligado a la fantasía, lo subjetivo y metafísico. Esto es, una apreciación intrínseca, peculiar que depende, en gran parte, de la experiencia personal de quién escribe, su capacidad inspirativa y hasta del estado de animo del lector y de su condición psíquica, para recibir las emociones que se transmiten, a través de cada verso y en total, en cada poema.

Esos elementos que inspiraron al poeta, como grito de atrabilis, paradigmas cuyos contextos ya fueron transformados en poemas, desde la pasada edición, se han mejorado, para que cada lector, de igual, pueda reconocerse en ellos y por tanto, disfruten su lectura. El tono y el propósito de lo que les aguarda, ademas de las emociones que el libro les irá transmitiendo y esas cosas esenciales que el autor espera la lírica mantenga, aún están aquí presente y mejoradas.

Y sin dejar de distanciar los contextos esenciales inspirativos de los términos técnicos, académicos y autos indulgentes, que marginan la inspiración, elemento vital de la edición pasada y vida de cada poeta. El autor mantiene los elementos libres y estéticos, como poesía que trasciende a lo documental, para puramente ser y hacer de este libro un acto de creación que inspire y el lector se vea en él espiritualmente reflejado.

Palabras del Autor
Prólogo Para la Primera Edición

Mientras he estado viviendo en la ciudad de New York, la experiencia me ha enseñado, que muchos de los artistas jóvenes y una cantidad de ellos inmigrantes, que llegaron y continúan llegando de otras partes del continente americano, a esta ciudad, a partir de la segunda mitad del siglo pasado, y de los cuales yo soy parte, aprenden a vivir en un realismo metafísico, que los priva de la capacidad de procesar en sus cabezas el sagrado razonamiento de entender la realidad.

Todo a costa de una lúdica idea de satisfacción, pequeña y momentánea. Y no sé por qué, ni cómo, pero esto los hace incapaces de distinguir las cosas tales y como existen en su entorno, llevándolos a confundirla con apariencias ilusorias. A mí entender, esta irrealidad la creen y aceptan sin comprenderla. Por consiguiente, se lanzan al vacío a buscar lo que sueñan del mismo modo, que salen los dados de las manos del jugador que lo apuesta todo por nada.

Me refiero aquél ludópata, que cierra sus ojos, mientras los dados avanzan por el impulso de sus manos y que atraídos por la gravedad, van cediendo en su movimiento mientras caen, para rodar sobre la superficie de la mesa. Estos, antes de detenerse y mostrarse, frente a sus ojos, con el número aleatorio, que le dirá, si es ese o no el resultado que imaginaba, nada revelan. No obstante, sin abrirlos, ciegos sus ojos este obsesionado hombre, dentro de su ilusorio mundo, mientras no caen los dados, se sienten ganador.

En otras palabras, estos artistas se lanzan, en la mayoría de los casos, inconscientes, a hacer las cosas como si estuvieran en un juego de azar. A probar suerte, con el supuesto objetivo de tratar de alcanzar el estrellato a toda costa, pero sin hacer, por lo menos, un pequeño cálculo previo y lograr tener un poco de conciencia de las probabilidades de ganar o perder que encontrarán en su camino.

Cuando su número, por el contrario, no es el deseado, terminan entregándose a la lúgubre y nihilista flaqueza de la empatía al rebaño, dejando así su arte y creatividad a un lado. Solo limitándose exclusivamente a satisfacer sus necesidades hedónicas y acomodarse un poco. Olvidándose, en muchos casos, de lo que, esencial e invariablemente, debe ser la producción artística, literaria, o el arte en general.

Esto es, se alejan de la búsqueda del supremo bien y la belleza que es vida y bondad, serenidad y pasión de todo creador para bien, disfrute y crecimiento suyo y de los demás. Tal es el caso de decenas de artistas con los que muchas veces he compartido. Pero, hay también aquellos que hacen un esfuerzo sobrehumano para alcanzar ese abnegado sueño y aún a costa de su vida y felicidad no lo logran.

Lo triste de todo esto, es que a veces, son tan talentosos, como los tres o cuatro que se encuentran brillando en el estelar espacio de los millones y el estrellato. Que claro, antes de llegar al punto de la constelación donde se encuentran, en gran parte, solo eran virutas que salpicaban desde una llama, donde aún ni se sabía, que ardería una hoguera.

Un día me encontré con uno de ellos en las oficinas del Departamento de Trabajo del Estado de New York, donde laboro. Este artista, increíblemente talentoso, casi de mi edad y conociéndome, no admitió que alguna vez, antes de ese momento me haya visto.

Ya entrados en conversación, me dijo que me reconoció, pero según él, lo hizo porque se sentía mal, ya que no quería que yo, ni nadie se diera cuenta de que tenía dos días sin probar un bocado y necesitaba dos o tres pesos para comer. Para colmo de lo antes dicho, él, que andaba con un libro producto de su creación en sus manos, me dijo: "Anico, es que este libro, o la música, la cual tú conoces, que he compuesto, ahora no me dan para comer".

Él inclinó su cabeza y miró hacia el techo, luego pleno me mostró su rostro angustiado y al paso recalcó: "Alguien tiene que comprarlo o escuchar mis composiciones, para yo hacer dinero. Y eso, no lo sé hacer. No sé cómo hacer, para que la gente compre mi libro o mi música. Es por eso por lo que estoy aquí, para que me ayuden a buscar un trabajito y yo deje de pasar hambre". Por último, me comentó, que había pasado tanta hambre que el logro y goce de haber inventado un instrumento musical, componer más de una veintena de piezas musicales y ese libro que yo estaba viendo, para él, en ese momento, eran tan insignificantes que un pedazo de pan que le llenara la boca tendría más valor para él.

En fin, se fue enfadado conmigo, y ni tomó $15.00 que yo le estaba ofreciendo, para ayudarlo. A mi parecer, creo, no le gustó mi forma de persuadirlo, para que valla al lugar correcto a buscar trabajo en el área de las artes. Lo último que me dijo y lo hizo de forma inquisitoria, más que interrogándome fue, ¿por qué tú trabajas aquí y no en un museo, o cómo actor o director de teatro?

Como el caso de este amigo, hay cientos. Solo bastaría con darse una vuelta por cualquiera de los parques aledaños a los centros artísticos y educativos de la gran ciudad de New York. Te encontrarás con algunos artistas indigentes, altamente talentosos, viviendo a la intemperie y que prefieren mantenerse en el desalojo antes que encontrar un trabajo que le permita pagar una renta.

Esto, todo a costa de que nada los aleje de su arte y el espíritu creativo, aunque el lugar donde se encuentren sea casi, a ciencia cierta, un sucio mosaico hacia el cual puedan llegar, después de sus días de mendicidad por el metro y las calles de la ciudad. Y en el cual, más tarde o antes de morir, solo alcancen con su arte y poesía, a escribir en él, su propio epitafio. Aquel que, un día yo me imaginé, porque nunca he estado ahí o en el día antes de la muerte de uno de ellos, dice algo así, como: Aquí pinté yo y no les digo mi nombre. Sé de muchos que pintaron o escribieron así, pero no lo entendieron los hombres.

Por mi parte, la experiencia de haber vivido en los primeros años de mi juventud en dos continentes, en más de dos sistemas políticos y haber sido influenciado directamente casi en los albores de mi formación, por tres sistemas educativos, hace tiempo, que como artista debía de haber estado dando frutos a gran escala. Pero yo mismo, así lo creo, fui producto de lo arriba expuesto y casi me vi forzado a escribir mi propio epitafio.

O sea, aquello que se gestaba en lo intrínseco de mis sueños, como sublime virtud creadora, de acuerdo con mi edad y experiencia, hace tiempo que debió de haberse mostrado, como magna gesta de un sueño convertido en realidad o morir. Pero no fue así. Por un gran espacio de mi vida, yo también viví confundiendo la realidad. Y es esto sobre lo que quiero hablarle, antes de que lean la introducción del libro, el cual, ya tienen en sus manos.

Gracias.

Prologo Segunda Parte

Cuando pensé, que quizás narrando algo de estas experiencias, podía ayudarles a comprender más profundamente el contenido del libro que ahora les presento. Y, aunque yo deba de hacer una reverencia, he inclinarme hacia los directores y escritores del cine de este país, porque grande es el respeto que se merecen, quiero expresar y dejar claro, que lo arriba mencionado es el mismo dilema el cual ya, en el transcurso de la historia, se ha conocido, han sufrido una gran cantidad de artistas de renombre que fueron desconocidos por mucho tiempo.

Tal es el caso, por ejemplo, de Edgar Alan Poe, Vincent Van Gogh, Miguel Cervantes, el pintor español y romántico Leonardo Alenza, etc. Este último del que solo se supo después de su muerte, logró dejarnos su arte y aspiraciones a pesar de una inmensidad de privaciones y penurias. Todo muy parecidas a las que pasa un artista de nuestros días. Y lo menciono aquí, ya que a pesar de su grandeza aún es desconocido hasta en España, su país de origen. Sin embargo, casi sin temor a equivocarme diré que fue el ímpetu de este artista, no la falta de dinero, ni la miseria en que vivió, lo que me llevo a escudriñar entre la armonía de los colores de sus pinceladas y descubrir en alguna esquina de una camba su nombre sin artificios.

Por lo arriba descrito y otras razones que estarían demás decirlas, yo he encontrado que entre los artistas o su arte y el dinero, no existe vínculo alguno, que los haga menos propenso al alejamiento entre los dos de forma natural y mutua. Es como si no existiera la objetividad de la atracción o necesidad entre ambos.

El proceso de creación es natural y enfáticamente intenso y la mayor parte del tiempo no deja espacio, en la mente del artista, para pensar en cómo hacer dinero. Y como el dinero amerita una necesidad, para aparecer en la mente de alguien y el arte no genera la necesidad de dinero, sino de más arte; entonces, en un artista pobre, que nada tenga más que su talento, ahí posiblemente hay un potencial desheredado del sistema o un encarcelado en su propia miseria.

Si el artista encuentra, quien le ponga, para alimentarse, una fruta, un vaso de agua o una taza de café con pan durante todo un mes, aunque le falte la tinta o el papel, la pintura o el pincel, o el trozo de pan se endurezca, no pensará en dinero al menos que, no esté atado a la necesidad de pagar por el lugar donde ha pasado los días.

Al mismo instante, si no tiene una apertura por donde expresar su arte, un poco de posibilidades solo lo llevará a prácticas estrictamente hedonistas. Pues el artista, como fundamento de su vida, tiene una propensión casi natural hacia la auto realización y el placer. Pero cuando no lo puede manifestar a través de su medio, que es el arte, se frustra. Y si esto en el se repite con frecuencia funciona como un catalizador que lo lleva a refugiándose en esas mismas practicas que en el terminan convirtiéndose en vicio y adicción.

Esto es así, porque al sentir placer se sumerge hacia su propio ser desinhibido y se ve bajo un tipo de libertad parecida a la que en su interior se cose, cuando está ejecutando algún tipo de expresión artística y en la él encuentra una intensa o casi total satisfacción de sus insatisfechas necesidades. Las que básicamente surgen por la propensión de expresarse a través de su arte para sentirse realizado.

Cuando a lo ya expresado le añadimos el basto ajetreo, y la necesidad de búsqueda; para reducir la tensión, y aliviar los efectos del estrés, y el dolor que la sociedad moderna le impone al artista, la satisfacción de los deseos del cuerpo y el placer de forma hedónica lo conlleva a realizar actos contrarios a la moral establecida. Esto usualmente, le quita al artista esa parte que lo hace más humano, lo desliga de lo social y lo aparta. Y como resultado, borra la relación elemental del propósito de su existencia, que es la relación recíproca entre su alma, la búsqueda de perfección, a través del desarrollo de su talento artístico, como elemento intrínseco que define su personalidad y dentro de él existe.

De este modo el sistema de vida que lo rodea restringe la parte utilitaria quitando la posibilidad del bienestar y utilidad social a su arte. Así es separado de lo que sería el resorte que lo empujaría hacia otros espacios donde los límites aparecerían más altos en su arte. O sea, el artista en este medio tiende a desprenderse de la parte espiritual que lo ata a lo social en su arte y restringiendo todas sus expresiones a la búsqueda de placer por placer.

Olvidándose por ese medio y de esa forma de sus necesidades básicas de comunicar con su arte. Así que, antes de que el medio incentive al artista al aprendizaje, a la lectura, a la perfección de sus arte y búsqueda de nuevos horizontes, en vez, lo incentiva al consumo desmedido, al individualismo y búsqueda del placer material y físico y por tanto a una práctica hedónico estricta de forma inconsciente. Pues el hedonismo lo puede practicar, aquí, con poco dinero.

Entonces como el artista aprende que una noche de comidas, tragos y borrascas es más barata que la pena de saber que no se ha hecho lo que se quiere en el arte, que es su razón de vida, porque hacerlo le resultaría tan costoso como tener que decidirse a morir por su ideal; entonces se lanza por lo menos doloroso, pero que de forma momentánea lo aleja de su centro que es el arte. Y eso es lo que yo llamo el inicio de una carrera artística frustrada, llena de pena y dolor.

A pesar de todo, aunque de forma microscópica, también tiende a suceder que muchos artistas, sin dinero, pero con talento aprenden a manejarse y sin que esto les afecte su creatividad se vuelvan famosos. por eso es pertinente mencionar aquí que el dinero, como en los bancos, solo se acumula en las manos de pocos artistas, como fue el caso de Picasso, Dalí, Charlie Chaplin, y para mencionar un caso reciente en literatura James Patterson y esto es una cosa extraordinaria.

Pero aquellos que vuelven sus ojos y su mirada solo hacia el lado de donde proviene el dinero, hacia el dinero en sí, o hacia donde, a través de los medios de comunicación, se veneran, ademas de los los creadores, los bulliciosos del mito de la verdad y la belleza, esos nacidos del séptimo arte proveniente de Hollywood y sus millones. Aún no despertarán al sueño místico de un día poder vender o hacer llegar su arte y así encontrar un espacio en el alma de los lectores o amantes del arte en general.

Yo aunque puedo decir que me extasié frente a un crepúsculo, frente a una aurora, bajo los acordes de la Marcha de Amor por Tres Naranjas, y otras de las tantas notas musicales de las siete sinfonías de Sergei Prokofiev, y no menos que por las composiciones de Beethoven, Mozart, Paganini, Tarnini y quien sabe frente a que otro trino, de un bajo continuo, compuesto por otro grande desconocido, o por aquel gran Bolero en crescendo bitonal, de coda estruendosa en su final, compuesto por el más admirado en el siglo en que nací, Maurice Ravel. Cuando decidí venir a continuar mi carrera aquí, no estaba preparado y ni lo suficientemente maduro para entender la mecánica del dinero y su relación con el arte.

Y a pesar de todo lo que había estudiado antes de llegar aquí; tampoco, el sistema social, político, económico y lengua donde había decidido forjar mis sueños y mi vida. Aquí todo fue un obstáculo para mí. Sin embargo, había cosas que yo hacía de forma distinta a como la realizaban otros jóvenes que se envolvían en el tumultuoso camino del arte. Y sí aún hoy me embeleso por esas golondrinas de bajo vuelo. Las que, entre sus corchetes, extasiado, cuando las veo aún me atrapan. O por aquel trepidar de los iridiscentes destellos de las tiernas alas azules de los Morphos, cuando a los ojos, en pleno vuelo, mirándolos, hacia ellos se me escapan. Es porque todo aquello que ya le describí me cambió. Y para mí, el mundo fue distinto.

Sin embargo, ese encanto, atracción, donaire, hechizo y embrujo, más allá del primor de todo aquello, no me llevó. Fue como si la belleza de una flor no fuera, no se orientaría, cual polen abismado, a tomar el camino para llegar más allá de su estigma donde se gesta la perpetuidad. La determinación, cual sueño mío, no caminó por el tumultuoso túnel del estilo, no dio su fruto, no probó un ovario y el azúcar que se gesta para saciar el deseo predilecto he intención intrínseca de un sueño. Aquel que nace para imponerse en lo sublime, por encima de los límites del dinero y el capital.

Durante largo tiempo ese sueño permaneció espantado, se oscureció mi trayecto y el sendero permaneció para mí nublado, en coma, como si en víspera de estar muerto, y solo se esperaba por las manos, que extraviadas, también, lo sepultaran. Dejé de ser el idealista, el soñador cuyas visiones he imaginaciones no llegaron a fundirse en el abrazo supremo de obtener lo inalcanzable y que de lo inverosímil creara una figura donde lo metafórico de una alegoría no dejara de ser, a través de mis sueños, como catalizador, algo alcanzable.

Sin embargo, tratando de evitar el descalabre, que en mi adentro sucedía, producto de los sinsabores que las cicatrices como clavos iban dejando, se me oprimía el corazón, pero yo sin consentirlo, todo esto tenía con paciencia que tolerarlo hasta que encontrara alguna herramienta adecuada que me ayude a extirparlo. Esto, hasta cierto punto, aunque estaba en contra de mis principios, me forzó a abrirle en mi alma un espacio a la felicidad fingida. Y así por ese camino de falsedades traté de encaminar mis ideas.

Pero fingir fidelidad a una forma de vida, a un concepto que se sabe es falso en su base, también, me hacía sentir que mi alma se estaba diluyendo como las hebras finísimas de una bella manta de seda se deshacen, cuando por el mal uso, rápido, en el tiempo se desgarran. Entonces, poco a poco, producto de la intolerancia por las falsedades, comencé a darme cuenta de que en la medida que trataba de crecer y mejorar, no podía ignorar la realidad. Pues cada vez que trataba, lo contrario me alejaba del verdadero yo que existía dentro de mí y más sentía que perdía el control enredado dentro de dos pensamientos.

Uno que me mandaba a despegar o lanzarme sin alas al vacío, o sea, sin dinero, sin ninguna seguridad de que al fin de mes, no me pondrían en la calle por no tener, para pagar la renta. Y otro que me decía, cuidado! tú no conoces la profundidad, ni lo que hay en medio de lo se ve en la superficie y el fondo. Un brinco a ciegas, aunque se haga bien podría segarte la vida. O un mal golpe te podría mutilar y hasta o un tropezón te quitaría la posibilidad de seguir andando.

Construye alas, me decía, pues no quería seguir en el fracaso. Sin embargo, yo ensalzaba la felicidad fingida, la pura mentira y sentía un despilfarro de energía sin más provecho, que aquel producido por el deseo de reponerse después de una masturbación espiritual y en el más estricto sentido de la palabra esto era el puro infierno. Pues mis horas de trabajo eran para comer lo básico, pagar utilidades, transporte, algo de ropa, calzado y la renta. La maldita renta; la cual, después de todo, me dejaba no solo sin un centavo, pero tampoco sin un minuto de sosiego, para dedicárselo a lo que quería, al arte y realización de mis sueños.

Al mismo tiempo me sentía tan atrapado que hasta sentía ciertas perturbaciones paranoicas, las cuales, me confundían con respecto al camino que yo debía seguir. Gracias a los ejercicios físicos, estudio y guía de algunos genios vivos y otros ya muertos, terminé por darme cuenta de que, ahí fuera de esa mentira o realidad alternativa estaba el muro duro de la vida y que si seguía chocándome terminaría sin dedos o sin pie. Por tanto, no caminaría más lejos que la distancia que me llevaran unas muletas o el bastón de la vergüenza. Ese que lleva al calvario a los falsos.

Qué aquel concepto, el que un día pensé yo había aprendido para avanzar en mi carrera, eso de que estoy aquí para ser feliz, era una falacia total, que no me dejaba avanzar más allá del verde artificial de los dólares. Que debía de revelarme contra eso y cada una de las cosas que me oprimían y me quitaban el tiempo.

Me di cuenta de que esa supuesta felicidad no era más que otra entre todas las mentiras de mercado que, para venderte un producto, aunque sea mierda, te enseñan mientras te educas en esta sociedad y que, sin calcular las consecuencias, o resultados no deseados, dañan más que él oxígeno sobre una superficie de metal desprotegida. Me di cuenta de que producto de esto, sufrí un anquilosamiento en mi desarrollo como profesional, como persona y como artista.

Entonces, decidí continuar en busca de más conocimientos que permitan a mi razonamiento ser más compatible con la realidad y, por tanto, soportar la vida. Redoblé mis esfuerzos, trabajé doble y reduje mis gastos a tal punto que pude ahorrar lo necesario para vivir sin preocuparme por dinero por nueve meses consecutivos y fuera del consumo loco y desmedido tratar de reponerme. También, aprender donde estaba el verdadero sendero por donde debía sin peligro a contaminarme, caminar.

Ese concepto hedonista, de encontrar satisfacción a corto plazo, lo dejé. Y no puedo negarlo, me quitaba el hambre, si, debo de admitirlo, pero al mismo instante me dejaba un vacío. Pues me sentía como si deambulara por los contornos al pie de la montaña que debía cruzar, pero nunca me detenía aprender el camino. En vez de ayudarme, me hacía terriblemente infeliz. Entonces vivía y me alimentaba, para de forma constante sentir esa infelicidad.

Hasta los bailes de algunos sábados por la noche dejaron de ser para mí agradables. Algo me faltaba, y debía de encontrarlo. Un día como resultado de haber ayudado a alguien, con la ayuda de mi trabajo, a obtener cierto dinero adeudado, me trajo cierta inspiración y volví a producir algunas poesías, pero no fue hasta, que pocos días después de esto, yo creo que era día de fiesta de independencia, Julio 4. Sintiéndome intoxicado, me entré un dedo en mi garganta y vomité.

Luego, entre mi frustración, me fui a caminar y a correr. Y no paré hasta que ya fuerza no tenía para a casa volver. Había ido tan lejos, que a más de 35 kilómetros de la ciudad, no tuve otra alternativa que hospedarme en el primer motel que encontré. Por más de un día y medio medité y al termino de ese fin de semana, con dos plumas que encontré en la habitación del motel y hojas que le pedí a las personas que estaban en la recepción regresé a la casa con 56 páginas escritas, las cuales, están incluidas y ya editadas en este libro bajo el Título Poemas de la Desesperanza.

A partir de este momento, evitando una frustración catastrófica o apocalíptica de mi vida. cambié la dirección de las velas de mi barca, pues me estaba sometiendo a un enclave donde inadvertidamente iba de camino a perecer y a sucumbir, no importando cual hubiese sido el resultado, pues lo que antes de eso soñé quería lograr, por ese camino, jamás lo hubiese encontrado.

Empecé por tratar de sacar de mí, de extirpar el hedonismo, y alejarme de todo aquello que me producía conformidad desagradable y fingida. De nuevo me aferré a mis sueños, usé el pasado y el presente lo comencé a vivir sin repetir los errores del ayer. Poco a poco re-establecí mi pequeña biblioteca y comencé a leer de nuevo, haciendo hincapié en las enseñanzas de la literatura, la poesía, filosofía clásica y moderna.

Leí de nuevo todo lo que encontré y pude comprar de una amplia bibliografía que iba desde los clásicos griegos y romanos, hasta el siglo de oro, el barroco, el romanticismo, y una gama de literatura rusa, europea, hispana, e hispanoamericana que iba desde tiempos del descubrimiento de América, hasta nuestros días. Hice una rutina y también, retorné a la escritura con constancia y perseverancia. Puse, en otras palabras, el pensamiento a nivel de mi imaginación y en lo más alto que pude. Y sin separar mis pies del suelo, que era lo que me soportaba, también, levanté mis manos y bien seguras, con una pluma entre mis dedos, la puse sobre el papel y volví así a escribir.

Me mantuve haciéndolo de forma paulatina y comprometida. Y siempre procurando mantenerme a sabiendas de que, al final, solo lo lograría con el más humilde y humano esfuerzo de re-orientar y multiplicar mis limitados conocimientos. También, siguiendo algunas orientaciones retóricas y experiencias, para desarrollar de forma práctica, aquellas técnicas que había obtenido en el pasado, pero que en mí se habían dormido.

Del mismo modo, me comprometí aprender sobre los infinitos elementos teóricos que aún no sabía. Así logré, poco a poco, comprender la crisis en la que me encontraba, salir de ella, he impulsarme para realizar aquello que yo soñaba. Entonces, como producto de haber entendido aquella irrealidad, la cual me había separado del camino correcto, que seguir debía. Unos años después, de aquel eclipse total de mi vida, que reconozco fue un daño parcial en lo moral y en lo físico; también, después de haber estado suprimiendo la fe, la ilusión, el empeño y hasta la facultad de elevarme a través de la sublime virtud de la inspiración y de maravillarme ante cosas admirables en la vida, terminé mi primer libro y lo puse a disposición del público. Este lo titulé Palabras Para Alagarte, Alas a las Vanesas de las Arenas.

Y por lo dicho, ya sintiéndome fuera del caos externo; con más control de mi espíritu, un estado mental de más claridad y las emociones canalizadas hacia la búsqueda de la virtuosidad. En el amplio sentido de la palabra; sin suprimir mi sentir y en vez gestionándolo, para promover mi bienestar espiritual, paz mental y claridad en mis inspiraciones, continué buscando aquella ascua que se forja en la imaginación, antes de percibir la concreción de un sueño. Y he aquí este, mi segundo libro que hoy les presento. El Grito de Atrabilis, La Afonía de la Desesperanza y Otros Poemas.

Enrique Anico Taveras.

Introducción y unas Palabras del Autor

Un grito que me ha salido como un eructo mal oliente por haber permitido en mi la fermentación de sentimientos, agonías, conceptos, ideales, sueños, desilusión, ultraje, anudamiento de garganta reseca, deseo de expresión de amor y agradecimientos, desde lo más profundo del alma, hacia aquellos que amo y me aceptan sin importar los inconvenientes, que sin yo saberlo, quizás, les he creado.

Un pensamiento, un himno, un largo poema, un cuento, una advertencia, un apercibimiento, para mis amigos y a todos los que no conozco, diciéndole, que no guarden en su alma ningún rencor, ningún mal humor, ninguna pena. Qué celebren su existencia a cada instante y no dejen para luego, ni pospongan sus vidas por la espera de un sueño. Que si no lo comienzan a tejer ahora mismo nunca se materializará.

Desesperanzas que se expresan en la poesía y que como esperanza se pierden en lo intrínseco de un sueño, para luego comprenderse que se ha ganado la vida. En pocas palabras todo lo arriba descrito es este libro. Sin embargo, el título del libro *El Grito de Atrabilis* surge a partir de un concepto médico e hipocrático de que tanto el cuerpo humano como la mente tienen la capacidad intrínseca de sanarse o de regenerarse. Tomando el nombre de uno de los cuatro humores o fluidos que se creía eran los que sostenían la vida y cuando se desequilibraban era que el ser humano enfermaba.

Así los humores o fluidos eran conocidos como sangre, bilis negra, bilis amarilla y flema. Atrabilis de otra palabra, que quiere decir negro y bilis, el liquido digestivo producido por las células del hígado de nombre hepatocitos. Es un liquido amarillo verdoso, viscoso, y muy amargo. También, de un léxico del idioma ruso (otravilsia o otravlennii) que significa, en sus variantes, envenenarse, (ado), casi como la misma palabra en español.

Y como ya lo he expresado, de este libro no es más que un grito de todo lo que, sin quererlo, me guardé en mí, todo eso que en mi alma, de alguna manera fue creando ciertos sinsabores. Aquellos que me enfermaban creándome dureza en mi pensamiento, colega, desasosiego, frustración, miedo, etc. a manera de fermentos tóxicos que no podía de otra manera extirpar. Como toda la expresión de mi dolor, mi pena, mi angustia, y desequilibrio del más importante de mis humores; entonces, no me quedó más alternativa que titularlo *El Grito de Atrabilis.* Como expresión de desahogo y lo que, para mí, en este caso sería lo mismo que decir grito de bilis envenenada. O expulsión de los tóxicos tantos físicos, químicos, como psicológicos que, en mi desde que llegue a este hermoso país, se acumularon.

Esta noche antes de acostarte piensa en este amigo y mañana cuando amanezca mírate en el espejo, para ver si tus ojos expresan lo que sientes en tu corazón. Si eso que sientes es más grande que todas las cosas que alguna vez poeta, escritor, estadista, filósofo haya dicho. O sí del mismo modo, te sientes tan realizado como cualquiera que haya expresado públicamente alguna vez su pensamiento; entonces, tendrás más que una razón para compartir conmigo este puñado de versos, estrofas, y párrafos, que en este libro de mi propia inspiración, he creado y compilado para ti. Por eso hoy, firmemente, quiero transmitirte, expresarte parte de lo que sentí y llevé en mi corazón por 33 años.

Cuando comencé a crear y reunir los extractos que hoy forman esta obra, a manera de guía y práctica espiritual, para tener claro en mi alma y corazón lo que desde dentro de mí conciencia quería decirle al público lector, escribí los siguientes apuntes que, parcialmente, publiqué en las redes sociales bajo el título de, Un Mensaje a Mis Amigos. Aquí, como segunda parte y final de esta introducción vuelvo a plasmarlos y para ustedes una vez se los dejo ya que en ellos se encierra el concepto de la intención del libro en general.

Y bien, como el violinista a su violín, mientras suena la melodía de las secuencias de sus notas, aférrate intensamente a tu camino, pues nadie lo transitará por ti. Ama el pedazo de tierra donde vives y pon tus pies fijos sobre ella. Mientras tanto, trabaja y hazlo duro; al fin y al cabo, hacerlo paga mejor que decirlo. Desde ese pedestal sueña y busca la mejor respuesta a tus interrogantes.

Acuérdate que los sabios y aún después de muertos, te podrían dar los mejores consejos. Hablarte, ellos quizás no lo necesiten, pero sus sabidurías, solo los tontos, los rechazarían. Por eso si este libro te inspira, y para ti se convierte en un sol que te alumbra, y también en la sombra que te cobija, en los subjetivos elementos que en un trasfondo te hablan y acompañan, y los que aún quedan en vida silvestre. Dale una mano a todo aquel que te la pide y con el más débil sé justo. Si te permite, enséñale a obrar, envuélvelo en tus asuntos, y ayúdale, ayúdale. Si es posible, ayúdale a obtener sus propias herramientas, con ellas él siempre será un hombre redimido y tú ganarás un nuevo amigo. No hagas falsas alabanzas, ni pedidos impíos, esfuérzate por ti mismo.
Cada mañana, al levantarte piensa que cualquiera que sea tu situación, nada la hará mejor que un día de trabajo y aunque te guste o no, curra, curra como si fueras a vivir un siglo, así como rezarías si el último día de tu vida fuera mañana. No esperes, actúas, que no todo te lo pondrán frente a ti, pero se paciente.

También, deberás de ser creativo. Abre tus ojos y disfruta de lo que hay, pero no te olvides de reponer hasta lo que no existe. Construye, crea, trabaja, edúcate y verás que, hasta de dinero tendrás menos necesidad. Trata con respeto hasta al más miserable de los hombres y al niño, ese que tímido se apresta a aprender, condúcelo por el más claro de los caminos, protégelo, alúmbralo, dale el pan que necesita, para crecer y los medios, para aprender.

Elimina los excesos y has de la moderación tu mejor religión. Al torpe e ignorante con poder, o que se cree con él, al hipócrita, tirano, mentiroso y malhechor no le tengas clemencia. Ante él la tolerancia es la peor de tus armas. Sin embargo, permítele saber que la misma inteligencia que se necesita, para llegar a ser un gran déspota o tirano, es la misma que se debe tener para llegar a ser un gran hombre y ser humano, lleno de nobleza y buenas virtudes, y esta última paga mejor.

Dile que imites a esos grandes hombres y mujeres. Recuerda y no te olvides que el camino de entrada al templo de la sabiduría es el reconocimiento y conciencia de nuestra propia ignorancia, ya lo dijo Sócrates, "Yo solo sé que no sé nada." Aunque te asesten mil golpes no te des por vencido, levántate, inténtalo de nuevo. Por último, quiero desearte que sea de gran provecho para ti la lectura del libro que ahora tienes en tus manos.

ENRIQUE ANICO TAVERAS

El Grito de Atrabilis

I

¡Ay, amiga! ¡Ay, amigo!
Sí, estás en lo correcto.
No escapo a lo que te describo.
Aunque trato de tener una razón que soporte la vida,
el drama trágico de la existencia no se finge.
Ya lo arrastramos en nuestro caudal desde antes
y mucho antes que se discurra que se formó una ilusión.
La vendita imagen contra realidad y distorsión.
Esperanza de grito y del engaño, apariencia de una efigie,
luz de caudal intuitivo, visión y enjambre de deseos furiosos.
¡Oh duelo intenso de contemplación, misticismo!
Sí es que soy súper positivista, no infrinjo a la esfinge.
O digo que, es lo que es, busco el amor.
De optimista me paso y apegado estoy a mis principios.
A esos, los de encontrar mi felicidad
sin dañar nada, ni a nadie, ni a terceros.
Esos de los que me sirvo en mi camino,
para tratar de mejorar todo,
todo lo que a mi paso encuentro
y hasta el surco elaborado por un lamento.
También el que, de acuerdo con los cánones,
me dejó la historia y el que como pétalos
de rosas me vistió con ropa que hoy llevo.
Y esos que he aprendido y voy aprendiendo
en mi paso por esta vida
desde que me concibió una mujer y un hombre
los dos; también, nacidos del misticismo.
Aquel que nos llega desde el más allá
de la creación de todos los dioses.
Que estaba en mí antes del catecismo.
Pero no puedo, por eso, dejar de ser casi

un clon del Quijote ceñudo.
Yo no puedo transformarme
en uno que solo lleva el nombre.
De humano me caracteriza
que yo; también, frunzo el ceño
y que al cielo miro y al dios por justicia imploro.
Yo siento, yo sufro de melancolías profundas.
Qué yo me lleno de afecciones que, quiero expresar.
Qué siento tristeza, qué la felicidad me embarga.
Qué me río, y que a veces,
de mis propias carcajadas yo hasta lloro.
Qué, también, siento en el fondo de mi alma,
una grieta, algo que me aprieta, como un vaso roto
y el estómago me vibra como un coro.

II

Pero del mismo modo no aflojo y oigo
en silencio, y una luz que empuño, y dejo
atrapada en mi corazón, me da calor.
Y siento que son mis lágrimas
la cera que se derrite dé un candil,
el que, en el umbral, cuando se apague
cuando irrumpe la aurora,
para el seguirá ardiendo la luz eterna del sol.
Y siento mil trémulas mariposas
que, cosquillean en mi estómago,
y tú eres una de ellas.
Y no es que solo me divierto
sino que humano soy.
Lo mismo me alegran las cosas,
como otras me ponen triste.
Apelo al silencio y busco la calma.
Y sí, cuando siento que a ella la encuentro,
yo, también, me apago como vaca que reza
y pasta sin competencia. Que mientras
muerde la yerba, si alguien la llama,
aunque muy quieta, se agita en su alma,

su cabeza levanta y no deja de ser
el rumiante que aún, si se tuerce,
vuelve y encuentra su entereza.
Y de aquellos que solo celebran
el color brillante de los pompones,
yo también les digo: Imagínenselos
como blancas peonías; tal vez, un día
en su alma abran y muestren un vivo
pistilo, para miel de los corazones.

III

Y cuando aciertes a creer
que, entre multitud de visiones coherentes,
entre el libre y hermoso dominio de tus sueños,
te eleves, y lo hagas más allá,
de donde la altura produce vértigo
y ves, al retornar tus ojos,
un éxtasi por la pérdida de la razón,
y también, veas que de este carnoso,
tieso y verde tallo, este crisantemo
se haya caído di, y repite conmigo.
¡Buena amiga!, que no fue que se cayó,
ni fue la muerte de su caballo
o que, en su relinche lo tumbó,
sino la pena y el gran resabio
de aquel, que sin expresar su pena,
su melancolía, en silencio, la sufrió.
Y desde lejos, en un grito de atrabilis
a un espantapájaros de colores
de arcoíris, bajo un cielo gris,
sin pena, ni gloria le invocó.
Punto...

IV

Ha llegado el momento de gritar,
de vociferar en el medio de la calle.
De decirle a los que quisieron,

que como santo pestilente
yo me pudra, que me huelan.
¡Qué me huelan! ¡Qué me huelan!
¡Aquí estoy otra vez!
Que sientan la tibieza de este cuerpo
y de esta mente que aún no está muerta.
Que voy a entrar en el salón,
con mi ropaje verde de colibrí,
no dentro de un féretro,
no para que vean que no morí,
sino para decirle que voy a vivir,
cambiando mis penas por devoción.
Con la otra mitad de mi Grito de Atrabilis.
Que la vida voy a soportar, en este paraíso terrenal,
engarzándome al dilema de mi evolución.

V

¡Oh memoria!
No, no me he olvidado de ti.
Y aún sigo sabiendo que estás ahí.
¡Ponme atención!
No te he sacado de la percha
donde te llevo colgada.
Y de la que tú has sido la dueña,
conocedora de una vida intrincada.
El haberte encontrado aún me sigue alegrando
como lo agradable de una dulce corriente
de aire que refresca el pasado
y el deseo juvenil de gloria.
Que, a veces..,
Sí, a veces se ve como enlutada.
Otras, me embarga la melancolía.
Y yo, sin proponérmelo, me acodo,
me escondo y así me pasan días.
Lo mismo me alegran las cosas,
como otras me ponen triste.
Apelo al silencio y busco la calma.

Mas, cuando no lo encuentro siento
que me apago, como en invierno
se apaga la ardilla rayada.
O como aquella que busca armonía,
en un mar de leva, desesperada.
Cuando el árbol en que vivía,
por un ventarrón y estruendo de un rayo
lo incendiaba y lo partía.
Y corría y corría el animalillo, corría
sin saber a qué lugar, para salvar su vida
de nuevo en cualquier tronco hueco se escondía.
O como aquel soldado que bajaba su espada
en el desorden del combate.
Para buscar a un amigo, que estaba a su espalda
sin saber de las mojadas guirnaldas.
Aquellas que de rojo escarlata
ya manchaban los filos enemigos.
Los mismos que la muerte con sangre celebraban.
Y corre, y se esconde, y se posiciona,
y rige su alma, su cabeza se aquieta;
y entonces, su espada levanta
con dureza y aunque torcido,
vuelve y encuentra su entereza.

VI

Y aún soy parecido aquel, al del pasado.
Aquel que celebró los nardos
y el color brillante de los pompones.
Y no los juzgó; más bien lo imaginó,
mostrando el pistilo de una blanca peonía
para miel de los corazones.
¡Y supo qué las cosas cambian!
De chicha y nabo; también, fraguó el metal
e hicieron anillos para colgar campanas
cuyo sonido, mi alma aún van a desahogar.
Y al pie de ese campanario, ahí donde agujereado
bajan del sol los rayos, quiero yo volver.

A oír de las campanas el clamor
y respirar el aire perfumado de los nardos
aquellos, que asoman a mi alma,
el amor en un amanecer.
Y si aún, un día me caigo, espero, te dirán
la verdad. Que no fue que me caí,
sino, que de alegría, por la libertad, quizás,
la de haber olido un nardo me fallo un pie.
Y tendido a su lado fue que yo; entonces,
enamorado, sin saber de quién, me quedé.
Y viví, para siempre yo viví.
Mas, desde ahí, otra vez, un grito de atrabilis
a un espantapájaros de colores de arcoíris,
bajo, desde un cielo gris,
sin pena, ni gloria le invoqué.
Y con dolores vomité la bilis negra,
y a su lado y sus pies
este grito de atrabilis le dejé.
¡Quiero ser tu nuevo redentor, tu nuevo amigo!
Así, pon tus manos juntas en forma de cazuela.
Emplázalas frente a tu cara porque, este grito,
purificado, ahora comparecerá ante ellas.
Súbelas al púlpito, allá en lo hondo de tus mitos.
Bebe mis lamentos transformados en agua pura,
¡Quítate tus penas!
¡Bebe ahora de esta agua blanda, artesiana y bendita!
Y tiñe, al igual que yo de amor, tiñe de purpura y azul
los oscuros dolores cansados de tus ritos,
liberando del arrabio de atrabilis,
¡Oh dios! ¡Dios! ¡Estos gritos!
Y camina, camina, despierto hacia la vida...

05/04/2017

No Te Caigas

¡No te caigas!
Que a cien pasos de tu imaginación
está el verso.
No aflojes,
que componerlo
solo depende de tu disposición
para escribirlo.
Y si no puedes,
sí es vana tu porfía,
suéltate las riendas y baila.
Gira, que si tus vueltas
te provocan vértigos,
habrá momento para detenerte
y confía.
Que la gravedad detiene todo
o casi todo, y espacio hay para la bondad,
no importando la complejidad de las partes,
si estas en esta tierra, habrá.
¡Alas a la ley de la gravedad!
Mira que ya he visto
hartos mecanismos sofisticados
y ellos sucumben
a ella, como sucumbe su amante
a la joven doncella enamorada.
Y hasta los relojes inertes,
y también;
el que me compró mi padre,
en una nochebuena de suerte,
con manecillas fijas de muerte,
y sin pelo en la madre.
Ese y otros, así mismo,

nunca dejarán de ser objeto
de la intrincada miseria
de estar limitado
a la naturaleza indeleble
de la gravedad.
Quiero que sepas que ella
y sus partes también,
un día, estarán en paz.
Hay gravedad.
¡No caigas!
Empújate con ella como el meteoro
que habita ente las constelaciones
y brilla, brilla como estrella de oro.
¡Encumbrándote en tus intenciones!
¡Por gravedad no mueras!
¿Quién no habrá buscado vencerla?
Trabajando, engrasando, pintando,
parando la caída estrepitosa,
de un electrón que se pierde
en la hostilidad de solo tres fonemas:
/c/ /a/ /e/ ¡Cae!
Del pigmento que chorreado,
no describe aquel herrero muerto.
El que no quiso sucumbir
mientras derretía uniforme el fierro
y hacía compuestos en barandas,
teselados y esquemas geométricos.
Que un día morirían más allá
del día en que se rendían
los músculos y cartílagos que, agarrados,
cedían a la cohesión de sus tejidos
y filamentos que mermaban,
como soldaduras, afligidas por su vejes.
Y así, cómo el óxido mermó el brillo
de corroídas armas desbastadas,
blancas y de fuego
envueltas entre toallas.

Que no fueron disparadas
ni en la calle, ni en el campo de batalla.
No te dejes, no ambiciones
máquinas destartaladas,
monedas manoseadas,
que no le dieron la ventaja,
al masón con manos bien templadas,
doblando el hierro y las barras
a fuerza de mandarria.
Golpeando al eco del murmullo
"Dóblate desgraciada varilla."
Y vencimos a las llagas
y estrujados cayos muertos.
He insinuamos la llegada
de hombres más libertos.
Y horneamos el pan como el ladrillo,
y sembramos en el surco la semilla,
y obtuvimos la hoz y el martillo,
la azada, el hacha y el arado.
Con su yunta los bueyes y cadenas,
violentamos el suelo y cultivamos
los frutos, las semillas, y levantamos
hasta la pared en que trepó la hiedra
detrás de los barrotes y las cárceles.
Y rompimos, el mármol y la piedra
a fuerza de cinceles que rechinan,
como si tuvieran almas,
como si estuvieran vida.
Siempre esperando el golpe
cual paciencia divina.
Resistiendo, que se agachan,
que se doblan y se empinan.
A la violencia dura, y un martirio.
Por qué crece su cabeza
y no termina su destino.
Solo el herrero, solo en la chispa
quieta, taciturna de su mente blanca,

engendrando el deseo apocalíptico,
de estar perenne en su semblanza
poniendo otra lúgubre soldadura.
Para que no caiga la esperanza
vencida por la gravedad y su locura
de la promesa de un político.
Que en el papel no son sino,
otro número más sumado, estadístico.
Cada vez más cerca de la muerte,
entre el deseo y la ocurrencia
surrealista de un sueño casi místico.
Ni por broma lo pretendas
tu momento llegará.
Aunque tus pretensiones sean magnas,
siéntete con entereza.
Soporta la gravedad.
En el cuadrilátero solo hay dos,
tú y tu contrincante.
Y tanto él como voz
son hijos del mismo amor.
Tú puedes ser el primero
y si el segundo, más intrigante
enarbola la bandera del triunfo.
No te abstenga, redime tu esperanza.
Balbuceante, sí, en el lodo no.
A la larga, solo te hará entender
que hay menos tierra que agua.
Pero que la tierra, aunque la necesita
vence al agua, pero ya seca,
sin ella la más fronda
de las flores se marchita.
¿Hambriento tú? No dejes que,
el bocado te cierre la boca.
Ni, aunque este en la soledad
de un invierno inhóspito de nieve
y hielo soldado al lodo.
No te aflijas, ni envilezca

que la mandarria ya está hecha.
Úsala, golpea, baja la balanza.
¡Fórjate, has amplio tu basto destino!
Y verás que, hasta el diamante,
en el biselado cede al golpe.
Y al pulido, con el otro diamante
que encontrarás en tu camino.

Disolución

Muros cortados de angustias.
Paredes agrietadas del dolor.
Desilusiones desarmadas, mustias
que vienen a parar en desamor.

Así tú de mí huyes, ensimismada,
perpleja; por tu alma que no pare,
ni encuentra una sonrisa dorada
y forcé hasta tu garganta el sable.

Yo veo color ardiente, agua y luz
de misterios tejidos en telarañas,
de sombra muriendo en una cruz.
Triste es inferir que son tus mañas.

Qué hoy florezco en este prado.
En jardines de jardines; en esencia,
cuchillos de un monte perfumado
que cortan el olor de tu ausencia.

Mientras oigo las notas de un oboe,
fuerza sublime, asta de mi bandera,
baja mi orgullo insano, que corroe
lugar de un altiplano que no diera.

Una nota le abrió al ruido una herida.
Así; también, al silencio interrumpió.
Para muchos ella pasó desapercibida
pero, en mis ojos, una lágrima brotó.

Y mis ojos tristes, perplejos y cansados,
mis opacas mejillas, de lágrimas mojaron.
¿Será, que mis sentidos andan trastocados,
o delirios dentro de mi alma se alojaron?.

Y mientras yo armonizaba aquí, en calma
sucesos y cosas, que yo iba recordando,
así mismo, de a poco lo sacaba de mi alma.
Y el oboe seguía, nota a nota, remembrando.

Y las angustias que mutilaron los muros
y el dolor, que las paredes, sí agrietó,
arruinaron el pesar y lo hicieron mudo
y en su triste congoja, ya jamás voló.

07/17/2019

Pido la Palabra

I

Pido la palabra
y te hablo desde el árbol,
anclado en la rama,
que estaba más arriba
más allá del alma.
Y la Luna que me mira
algo algodonada.
Se queda en silencio
y escucha una lira,
mientras yo presiento,
que ella me da
una tranquila mirada.
Y el aire que soplaba
a una samaritana,
con temor de no tocarla
vi, que con caricias,
a los colores de su falda
con deseos de invitarla
chispeante a su regazo,
su falda alborotaba.
Y tres notas que se oían
de la lira abandonada
reclamaba unos oídos,
porque era sordo
el dueño de los dedos
quien sus cuerdas
con amor a ella rasgaba.
Y lejos, allá donde no hay nada,
entre palos y agua dulce,
espigas y pendones, a la orilla
de un lago, mi vista se desplazaba.
volvía a ver la Luna, que en tus ojos,
y aún más alta, allá ella brillaba.
Y vi mil lilas que pintaban
con brochazos fungiformes
sobre el agua un verde brácteo,

en la nitidez del vidrio claro,
del lago que se anclaban.
Reclamando un espacio,
para los capullos en flor
blancas que se alzaban.
Y tú, Alma aparecía otra vez
en el ocaso que se fragua.
Entre cielo, y horizonte;
Luna y agua yo veía que tu estaba.
Pero apartado en un lugar,
muy lejos, yo pensando que hacer
allá fui y me quedé.
Y fui muy pobre y tan pobre fui
que la vida de otra forma
en su angosta estreches
fue que yo interpreté.
No sabía quién sabía,
o si era que, en el centro de la miseria,
era que yo nacía otra vez.
O tal vez, decir lo que tenía
era la interpretación urgente
de lo que no se conocía.
Y como nada yo tenía pues,
nada yo sabía y esclavo era entonces
de lo que yo no conocía.
Y ahí fui a parar
muchas veces despreciado
en ese turbio y triste lugar.

II

En la cantina abierta
de las doncellas desesperadas
me hablaron recio
y yo no me alteré.
Me preguntaron cómo,
¿Qué, cómo es eso?
Y yo no le contesté.

Solo al cabo de unos
frágiles minutos de ocio,
algo entre mis labios,
casi cerrados, yo murmuré.
Nosotros los poetas vivos
debemos de dejar pasar.
Mejor alentar
a los poetas muertos,
para que sin querer
no vallan a despertar.
Ya ellos nos dieron lecciones de todo.
De todo cuanto pudieron.
Del universo, del agua, la tierra
y hasta el lodo lo embellecieron
escribiendo un epitafio
donde la vida se originó.
Ahí, sobre esa plantita, bendita
que, en la palma de tu mano,
sin tú saberlo, espléndida germinó.
Y todos, todos de mi se rieron,
se burlaban, se alborotaron.
Sus muecas me pillaban
y las gotas de saliva, esas que,
del ridículo de las multitudes
y de sus bocas se escapaban
con asco yo la sentía, y a mí me salpicaban.
Pero él ascua, aquella templanza,
que en mi residía, como una coraza
de claro azul silicio, casi invisible,
todo lo convertía en chanza.
Y yo no me alteraba. Ahí, aún moraba,
en el centro de mi alma.
Ese egregio fantasma de esperanza.
Aquel que paciencia me daba
y me secaba el sudor de mi alma burlada.

III

Y aún pido la palabra
y te hablo desde el árbol,
anclado en la rama,
ahora más arriba,
más allá del alma.
Y la Luna que me mira
algo algodonada,
ya no está en silencio.
Y aunque escucha ella la lira,
ahora siento que me habla
con su tranquila mirada.
Y el aire que soplaba
aquella samaritana,
vi que con caricias,
a los colores de su falda
con fugas y chispeante
deseo de invitarla,
desnuda a su regazo,
lejos y allá donde no hay nada,
ahora le hablaba.
Y tres notas que se oían
de la lira enamorada
reclamaba unos oídos.
Porque quiso que aprendiera a oír
al dueño de su falda y de los dedos,
quien sus cuerdas,
con sublime amor, ahora le rasgaba.
Y entre palos y agua dulce
espigas y pendones
que a la orilla se alzaban.
Vi que era el brillo
que, en la oscuridad dejaba,
la Luna muy tranquila,
en la compañía de un grillo
y la lira, que ya sola nos hablaba.
Moderada, atenuada,

y circunspecta era su voz.
Corriente que en el centro
de mi pecho se clavaba.

IV

¡Y vi mil lilas otra vez!
Ellas ahí estaban sobre la nitidez
del lago en que se anclaban
reclamando un espacio
para su belleza; también,
para los capullos de flor
blanca almidonadas.
Que alegres, en su nueva vida
efímera, se iniciaban.
Y la lira de cuya alma,
ya me enriquecía, a través,
de sus cuerdas,
aún en notas me hablaba.
Se decía si era sordo
aquel que la abrazaba.
¡No era el grillo!
Yo la oía, yo la oía
desde el árbol
más arriba, másculo en mi rama.
Y el viento en su atractivo,
que a la vista deja nada,
como rama, retorcía más la falda
de aquella samaritana.
La que con ojos indulgentes
y muy llenos de gracia
aún no me miraba.
Y la lira resonaba y la lira
ya cantaba y una tortuga
que, desde el fondo del agua,
lenta su cabeza levantaba
fue hacia la orilla,
ella, ella lenta navegaba.

Y al pasar entre las lilas
oyó las notas que sobre el atrio
de hojas pentagramales
las tenían bien ancladas.
Y miró, la tortuga miró,
que regocijantes celebraban
y esa, esa también, cayó enamorada.
Y de la falda era la brisa
el murmullo que te habló
directo desde el árbol,
anclado en la rama,
que estaba más arriba,
más allá del alma.

V

Y era el grito de atrabilis,
otra vez, y ahora en inglés
que, en el murmullo se oyó
y no sé de qué me hablaba.
Only those who knows
how to spare one minute
of their life,
are capable of living
up to one hundred and five.
And they will be buried,
nor death but alive,
and only when they really died.
Y si un billón de palabras
en un lago muy grande cupieran
¡Con ellas te alagaría!
Te las pondría, para ti bien labradas.
Imaginando los lagos,
que de amor, tú con ellas llenarías.
La voz que se oía dejó de sonar,
y como un gorgoteo grave de notas,
disminuyendo, lento sus frecuencias,
pero parsimonioso, dejó de croar.

Y se había transformado en un sonido gutural
que ahora era menos grave, pero más claro,
con más frecuencias en su gama de sonidos.
Como si de una cavidad se quisiera escapar.
Como si estuviera dando su adiós,
y lento, y pausado en su croar
se fue transformando en suave voz.
Que lejos se oía ya en su sonar.
con timbre volumen y tono pausado de una clara la voz.
Aguda como el filo de la punta de una espada,
y cual punzante delirio de intrigas le atacaba.
y decias…
Cuando llegas a los 50, decía…

VI

No pienses que no te queda más alternativa que la poesía,
la escritura o la literatura, como medio para expresar,
ya sea, como lector o escritor tus sentimientos.
Cuando dices tus dolores, tu modo de pensar,
tus pasiones, he ilusiones, por igual tus ideas,
con todos sus magníficos colores y sabores.
Y así, aquellas que sabes que están mal.
Entonces te sientas, escribes
y echas tu imaginación andar.
Y si así, del mismo modo, quieres mejorar
también, aquellas cosas, inanimadas deponerlas, o remodelar.
¡O bien, echarlas a la fosa de la historia!
¡Es tu gloria!
¡No! No es que estas viejo, no, no para dejarlas,
ni para mejorarlas.
¿O es qué, ya has visto en ti el fruto
del cambio por haberte adelantado?
En fin, si has de permitirte la chispa que incendie
una revolución en tu alma, has lo bien.
Cambia desde dentro y hacia fuera todo,
todo lo que, consideres que estaba mal y todo
todo lo que, por tu concepto del bien a ti te atañe.

Aunque te produzca vértigo y escalofrío
no te desprenda, ni de un ápice del sueño,
en cual caballo un día te montaste,
sin medir lo alto del galope y vehemencia de su brío.
Tal vez, a otros, a esos que has observado,
no les ha servido, quizás es que no se han atrevido.
No porque no quieran, sino porque el reto mismo
representa un desafío a su posición de comodidad
y conveniencia, o del arte no han percibido
el efecto recíproco de observar la perfección
de una simple hoja verde o seca en el alma.
Y su grito, su grito no lo sienten, muere
con la misma desesperanza que se esfuma,
en último momento del intervalo de la vida,
el grito de un cerdo sacrificado.
Aquel que, solo estriba en anclas falsas del deseo
de sobrevivir al cuchillo que, ineludible
lo atravesará hasta más allá del fondo
del ventrículo izquierdo de su corazón.
Ese ¡Óyelo bien! Ese irá por su fin, más que,
por su elocuencia, no más allá de un plato
decorado de un suntuoso restaurante.
¡Y eso, es bastante lejos para un cerdo!

VII

Pero si el cambio, en ti se hace palpable, podrás
mirar en otros seres humanos esas cosas que;
también en ti, como el razonamiento, han sido
catalizadores de nuevas conexiones en tu cerebro.
Haciendo parte de ti una nueva forma y modo
de pensar; entonces dice: ¡A dios que me ampare!,
también a mis hijos y aquellos que tal vez,
por una u otra razón, sin yo saberlo dependen de mí.
Esos que de una forma u otra se servirán del fruto,
que ha de cosecharse, producto de mi cambio.
Luego inmediatamente, basado en el tiempo, que bien
o mal has vivido, piensas en los años que posiblemente

te quedan de vida, y te dices a ti mismo; por ejemplo:
Mi padre murió a los 93, mi madre, con mucha ayuda,
vivió 87 años y luego hace una suma del tiempo.
Añadiendo aquel que, vivieron los tíos y obtiene
la media de todas las edades.
Así encuentras que cuidándote,
sin vicios, sin adicciones
y si el mundo, el que está fuera de ti,
se mantiene igual o casi igual;
entonces, comienza a creer, que
tu muerte llegará a tal o cual edad,
aunque te propongas llegar a los 105.
Esa edad o probabilidad de vida para ti
o para mí, lo sabemos, hoy es de 73 años.
Pero aún creo que, no es mucho para ser otro
"héroe de dos mundos." En mi mente,
no sé por qué, desde siempre ha existido el número 105
y eso es lo que, el subconsciente
siempre me dice que viviré.

VIII

A pesar de eso no encuentro justificación más grande ,
que el cambio producto del amor,
aquel que llega porque llegan los hijos.
Esos pequeños saltarines, que especialmente son,
aquí en la tierra, el más grande motivo.
La más grande ilusión, para seguir viviendo.
Y mientras esté de este lado, mi única reencarnación.
Para mí, ese sentir inmenso de amor,
es la fantástica pega, que me une a la vida.
La que hasta ahora viví y me dice, no has muerto.
Pero, aunque nadie más que yo lo reconozca,
me siento ser dos tercios humano
por haber despedido los mejores 33 años de mi vida,
sin decirle adiós a ellos, en una, para siempre, despedida.
Y ver como mi grito, como nota larga
del aullido de un lobo, se esfumó

sin melodía, en las punzadas
disolutas de las falsas esperanzas.
¡Pero, aunque no sea hoy un día bendito!
De este sufrir maldito, por la di este grito,
Este Grito de Atrabilis,
sé que recuperaré, aunque sean despojos.
De aquellos años, que como agua
solo rosearon un mar de hinojos.
En cuyos pétalos resplandecía el rocío
que en lo oscuro aclaraba la pena
y de mi alma en aquel triste vacío.
Esos años que se fueron
y aquellos que no fueron
vallas para mí gran portal, zaguán o mi ventanal.
De las cosas que de joven aprendí,
hermosas que viví, mientras subía
de la vida, en mi tropel a otro pedestal.
¡Yo ya lo decidí!
¡Con ellas no puedo cargar!
No las puedo en mi alma practicar.
Pero esas facultades, aquellas
por la que sacrifiqué mis mejores noches
en habitaciones solas, solo y solitario,
quemándome los ojos, detrás de un libro.
Aquellas que en las calles mitigué,
rompiéndome el alma y de mis zapatos las suelas.
Las que al pie desnudo, dejaban a la intemperie
y sobre las espuelas, en las fatigas de las rudas piedras.
Que a veces, iba quemándome de frío,
tratando de pujar, titiritando
y aún sin buen abrigo, amargo el albedrío.
Para esas, hasta en mis sueños la sufría,
pero nunca me faltó la inspiración y el brío.
Para poder decirle adiós a una vida
que, como la encontré, era miserable.
Yo no quería, aunque, otra más digna yo no conocía.
Indigna y aún sobrevivir a la catástrofe del tiempo,

los elementos y todas las maliñas humanas,
esas que, no solo me acosaban a mí, pero
también a la sociedad, que por siglos,
ha vivido perturbada.
¿Y tú? ¿Qué piensas de ti?
¿Estás sobrio o estás ebrio?
¿Ya has vivido medio siglo, dos años y un día?
¡Dime de tus razonamientos!
No solamente del que ahora atraviesa tus sentidos,
sino del catalizador que mueve tus neuronas
más allá del punto infinito;
aquel que alcanzas con tu pensamiento.
Y sin separar del suelo el cuerpo,
que en pie, aguarda fuera del cansancio y los lamentos.
¡Dime, dime ahora de tus sentimientos!

08/02/2018

La Poesía y Su Liturgia

Un día me dijo un amigo:
Qué, los cuartetos eran buenos
y que las décimas también.
Aunque unos expresaban penas,
la poesía, en fin, sirve al bien.

Al amor en la mañana
y al beso de tu amada.
Al ave en la ventana,
que canta ritos de Ada.

Al que doblaba la campana
y a la que la oía; también,
a las seis de la mañana,
componiendo un réquiem.

De altas y blancas notas
extensas en su sonido.
Que caían como gotas
sobre el pájaro en su nido.

Al que estaba en la ventana,
vistiendo su bello plumaje,
coloreando la clara mañana,
y yo, absorto de su lenguaje.

Y al niño recién nacido,
al gemido y a su verso.
Al que aún no ha crecido
ensalzando su universo.

Con ritos en la mañana
entre el pecho y dos lunas.
A la madre, o a su nana
entre versos, espejo y cuna.

Y entre sus deditos tiernos,
como luz entre rendijas,
pasa un rayo sempiterno
de un poema en baratijas.

Y al pasarlo por su cara
deja rastros de caricias,
deseando que cantara
del poeta las pericias.

Muestra, entre sus ojitos,
que muestra enhorabuena.
Mientras, sigue aquí invicto
espejo de ojo y de sirena.

El poeta en su pináculo,
sueños dulces y azafrán.
Rimas de su tabernáculo
que no sabe a dónde van.

Con sus motivos y su afán
se los expresa él al niño,
Al plumaje de un faisán
y su amada en un guiño.

Un poema hay; también,
al peñasco y otro a hénide.
Al que cuenta hasta cien
mientras espera en la cúspide.

A su bella y mansa Ninfa.
Que amó antes que en él
corriera como tibia linfa
su amor antes de nacer.

A la nube, al sol y al día,
otro al odio que lo impide,
cuando no hay filantropía
desde el rico que no mide.

Para el sátrapa que impío,
en oración muy indolente,
se rehúsa amar y ya vacío
le anida un verso pertinente.

Nunca es tarde buen amigo
para vibrar por la bondad.
¿Qué nos expone ante el filo
de vivir, atado a la verdad?

Y sonó como campana el verso,
que en el campanario recitó.
El loco que muy ávido y excelso,
la poesía inadvertida liberó.

Su gesto hacia el desposeído.
Al que suplica un trozo de pan.
Al niño abandonado en su nido.
A sus padres, los que ya no están.

Muestra entre sus ojitos,
que, muestra enhorabuena.
Mientras, sigue aquí invicto
espejo de ojo y de sirena.

Escucharlos a nuestro oído
por una voz grave y sonora
o en voz de un gran Sigfrido
es despertarnos a la aurora.

Con la gracia de una lluvia
y la caricia de un rocío.
De tu voz y su liturgia,
escuchar a Rubén Darío.

Promesa Surrealista con Tintes Expresionistas

¡Sí, es verdad, me gustó tu observación!
A ver si me corrijo.
Hay que tener cuidado con el lenguaje
y sobre todo con las expresiones.
Ellas pueden tanto amarte
como acuchillarte y ser el punzón
en el lado fuerte de tus ilusiones.
Ellas también; a veces son,
el martirio de una obsesión.
Que me atrapa, muchas veces en sueño.
En el que me despierto
en altas horas de la noche.
Y quito de mis ojos la manta.
Sonámbulo deambulo, y un hilo me lleva
camino hacia la ventana, ¡nada me espanta!
Y paso en mi sueño a contemplar el paisaje.
Lo veo complejo, incierto, oscuro en lo vago.
mas, la punzada de su misterio, es algo sencillo.
Y en el rapto, aquel misticismo que se atrapa en mis ojos,
miro el río que corta mi atisbo, vibrante
sin reglas, desnuda la luna, allá, en el reflejada
con su desnudes, solitaria, bajo la enagua del agua, errante
del rio oscuro, que deja en mis pupilas, su opaco brillo.
Y me abismo el cuchillo del mismo lenguaje,
para curar mis penas y escaparme lejos
de la monotonía que no advierte el coraje.
Las mismas, que me imponen, dejándome perplejo,
estas cuatro paredes blancas, donde
se presupone no hay corrientes, ni aguaje.
Más bien, cuando abro mis ojos,
me doy cuenta de que
yo me encuentro molido, aturdido
y otra vez en el filo del cuchillo.
Y entonces quisiera, en mis ojos,
sea la luna la que encaje.

Otras veces me despierto
lleno de ilusión y a esas horas,
altas horas de la noche,
veo a través de la ventana.
Yo veo con el deseo simple
de contemplar en el paisaje,
un caballo, a ti y a mí,
los dos montados en un coche
y el caballo, empujando el carruaje,
mientras tú, arrullándome y mordiéndome
los labios, me hieres de pasión.
Pero yo no sé quién eres tú.
¿Serás un ángel, o más bien un fantasma?
O el reflejo que dejan grabado en las aguas
la Luna y su luz o las ondas de sonido
intermitente del Cri-Cri de un grillo.
Y al yo mirar el río, tus labios, ya no están.
Soy, entonces, el espejo en cuyos ojos
se reflejan esas aguas sin saber a dónde van.
Esos rayos de luces que se chocan y rechinan
en el aura de las dimensiones de mis ojos,
como el brillo de un cuchillo
y la angustia de un enojo.
Que, en algún lugar perdido,
si no los quito, caerán y allá, en el vagido errante
de un recién nacido irán y se clavarán.
Y aún, sonámbulo, sin yo saber,
me sobran los deseos de que sea
en el alma sagrada de una mujer.
Que, se claven puntiagudos
y sean,— para siempre la semilla,
en su pecho, de un rojo clavel.
Y así me valla yo, a curar mis penas,
a escaparme de la monotonía del lenguaje,
sin abrigo y muy despierto.
Luego, sigo solo, deambulo y cabalgo,
en el lomo del caballo.

Y sobre mi triste desacierto
contemplo, pienso, me inspiro
en todas las bellas personas
que han estado conmigo en el concierto.
Aquellas con la que yo;
también, me enfrasqué.
En mi isla grande, isla caribeña.
¡Ay dominicana!
y los que yo dejé; también, en otras partes,
en Moscú, en Berlín, Hungría
Bélgica, Ámsterdam,
Barcelona, Chile o Madrid.
¡Quien diría, quien diría!
Los que he dejado aquí.
¡Treinta años en New York!
Los que he dejado allá
y en los cuatro contornos
donde yo solo viví.
En todos esos bellos momentos,
que a mí me trajeron hacia aquí.
Y en las cosas, aquellas que dejé,
que eran de mi empeño, esas
de las que una vez, yo estuve muy lejos
y se ocultaron como niño, en mi timidez,
para siempre en mi memoria.
Y hay una que aún recuerdo
y la he hecho parte de mi sueño.
Y a veces pienso que mi destino era ser
la caja de pandora que un día
mucho antes de volver
debió ser y haber sido tu recuerdo.
En cuanto que se agota mi memoria
y el cedazo donde se purifican los recuerdos.
Yo pienso y pienso en todo lo que en ella
en alto relieve, o en el escondido hueco,
por fortuito inciso, yo gravé.
Que todas las imágenes de recuerdos,

de leyendas, de sentimientos, de ánimo,
de ilusiones se me han ido enflaqueciendo.
Mi recuerdo es un hilo surrealista, corroído
por los dientes de las ya viejas tinieblas.
Esas que han ido desuniendo los múltiples desnudos.
Aquellos que se ataban allá, en lo recóndito
del interior de mis dos cienes
que no sé si eran preclaras o asaduras de un réquiem.
Solo sé que todas las cosas y vivencias,
aquellas que aún oculto, fueron maravillosas.
Y entonces me prometí hacer
del "diccionario de pelos de mi cabeza."
Un tesoro de expresión del alma mía.
Una caja de pandora
que en vez de prendas y metales
contenga las más bellas poesías.
Y de ese pasado maravilloso,
y en el presente, se sigan conjugando,
más que los verbos, en mi alma, las alegrías.
Y entonces en el cumplimiento de tu observación,
para siempre dejar claro esta corrección.
Yo digo, que el paradigma reflexivo de estar bien
no son las variantes que das o las que se entregan,
sino verme en el antecedente.
Aquel que, reflejado en la nitidez del agua clara,
cuando lo miro desde el presente, puedo intuir.
Si una gotera romperá la tranquilidad y mi cara,
en sombrío surrealismo de un arrebatado trepidar,
aquel que nace de las infinitas hondonadas
no deformará lo cónico sobre la quietud
tranquila de mi cara que, en el agua
se encuentra ahora ensimismada y reflejada.

08/16/2018

El Tinaco Grande
Que construyó mi Abuelo

Vamos como el tinaco grande,
de barro rojo,
con fondo angosto,
alma de cántaro
y arenas naturales.
El que construyó el abuelo,
para llenarlo de agua sagrada
y su piedra espiritual, de hierro
que la enriquecía de minerales.
El tinaco grande que se perdió,
quien sabe en qué lugar abandonado.
El que sin amor vacío se quedó.
El tinaco del que bebió la sed.
La que suspiraba por un vaso de agua.
El tinaco grande.
El que esculpió mi abuelo
y le dio vida quemando lodo.
El que en vano yacía apartado
como si sufriera de su progenitor
su indeleble partida y su dolor.
Y entre lo viejo y entre lo nuevo,
como mediando,
entre las zarzas perezas de un duelo
en carne propia y en sus vísceras
el efecto de una herida.
Que en mi abuela surcó,
de su marido, su despedida.
Qué, para él se detuvo el tiempo
en la pena infinita de un rincón
perdido, vacío, sin sustancia,
y sin una mano que le diera vida.

Qué lo llenara de agua pura, de agua limpia,
de agua perfumada,
de agua hervida;
con el aroma natural de los manantiales.
Con agua que nos permita mirar
a través de sus cristalinas partes.
Hacia el otro lado,
cuando la servíamos
cuando la bebíamos,
pétalos de flores tiernas,
alas de mil colores,
nervadas de mariposas.
Y así, ¡Suspirar de satisfacción!
¡Ah! Sin una cara triste,
mirar al cielo y desear la lluvia,
subir al monte,
calar la nube,
soñar el sueño,
vivir la vida.
¡Calmad la sed!
Siempre, siempre,
sin olvidar echarle
agua al bendito y sagrado
tinaco de barro rojo,
con puntos negros,
y azul silueta,
que construyó mi abuelo.
El tinaco grande
que vio mi abuela
enlutarse un día
y cerrar sus ojos
para siempre sin alegrías.
Del que bebió mi madre,
y les dio a sus hijos
con tanto esmero.
En vasos que eran de vidrio,
cerámica, y barro negro,

y hasta en cazuelas
hechas de verde,
de verde higüero.
Tinaco ya no te pierdas.
y si lo encuentras
no lo abandones
en la vereda.
Ponle sustancia,
a su barriga.
Llénale de agua,
de agua pura,
topando arriba.
Y amárrale para que no se caiga
y no se rompa en la despedida.
Como una cuerda revienta el alma
cuando en desuso sus finas fibras.
Que él se abre porque su peso
ya sin contarlo, ya él lo olvida.
Que el abuelo y hasta mi madre;
dirán adiós sin otra herida.
Mientras bebemos
la dulce agua, dulce;
que perfumada,
en la despedida,
en su pureza, nos da más vida.

04/04/2020

Dulce Ilusión De Que Vivas

¡Gracias por el corazón!
También, haré todo lo posible
para no perderme, para igualar
mis propósitos existenciales con los tuyos.
Y aunque participe con aquellos que saben
que la vida no termina mañana, te lo digo con orgullo.
Yo no dejaré de vivir, me entrego a la realidad
como si este fuera el último día en mi existencia.
Por eso; también, justo ahora que no soy silueta.
Toma estas imágenes, no me las invento.
Si me hinco, me golpeo el pecho y pido clemencia.
¡Mira!
¡Aún son imágenes mías, vivas!
No las cambié por las de un vagabundo póstumo
que, la repetición de palabras viejas, lo encareció.
Sí, de este tu viejo amigo que aun goza
dos veces tu existencia y las mil imágenes de amistad
guárdalas como si fueran piezas,
efigie, estatua, camba de una divinidad.
¡Oh dorado icono!
¿Es un sol el oro
o es qué, brilla sin ser tesoro,
allá dentro en la oscuridad?
Y mientras se muerde una uña vuelve y pregunta,
¿Y qué dirán de mi amistad
como parte íntima de un pensamiento
mientras estoy en la claridad?
¡Claro, sí quieres! Es tuyo el pudor.
A ti te pertenece la modestia y el recato.
Sí quieres; también, lleno de algo sensato.
Me arrancaré versos y los haré parte de ti y los tuyos.
¿Y dime por qué no hoy?
Justo cuando mi espíritu
está rebosante de armonía y amor.

Simple como la llama de una vela,
azul que emana de un púrpura en su fondo.
Que, en la espiga, oro brillante de fuego,
aún quema en el tope de su cima.
Aquí sí, llama viva, sigo quemando
porque quieres que tú vivas.
Y si solo existes eso es ya para mí un gozo.
¡Gracias por el corazón!
También haré todo lo posible
para no perderme, para igualar
mis propósitos existenciales con los tuyos.
Y con aquellos que saben
que, la vida no termina mañana,
ya sabré como hacerle de estos versos un andullo.
Y si la punza se siente, si es hiriente,
Ya sabré embolarla, mitigarla,
pero nunca rebajarla con un edulcorante.
Más yo, no dejaré de vivir
como si este fuera el último día
en mi existencia, y mientras
otras claras imágenes del sol emanan
también, toma estas por segunda vez,
de este tu viejo amigo y guárdalas
como si fueran parte íntima de tu pensamiento,
y mañana cuando en ti las haya entibiado,
ándate al portar, no la calles.
¡Atrévete a expresarlas!
En un desordenado poema, como este,
o en un bello juego de palabras.
Por qué hoy mi espíritu
está rebosante de amor y armonía
porque quiere que tú vivas.
Y si existes, eso es ya para mí un gozo
invicto de infinitas alegrías.
Pero no dejes que las mentiras te sequen el alma
y dejen tu espíritu, vacío, en agonía.

12/18/2019
A los 50 y Dos

A los 50 y dos me he dado cuenta
que, en la vida, además de otras,
hay siete cosas importantes.
La primera, vivir por tu bien
sin hacer daño a los demás,
ni permitir que ellos te dañen a ti.
Perdurar mientras sano se vive,
es también, otra razón de la vida.
Segundo, practicar las buenas virtudes
y enseñarlas; por ejemplo,
la paciencia, aceptabilidad, gratitud,
respeto, precaución, cuidado,
prudencia, generosidad, alegría,
responsabilidad, puntualidad,
compasión, confianza, valentía,
coraje, altruismo, idealismo, …
¡Mira! Sin un ideal nos morimos,
sucumbimos, en vida nos desbocamos
hacia el abismo de nuestra tumba,
caemos en coma, hasta que vengan
otros y nos entierren, etc., etc.….
Tercero, crear una familia, sentir su amor
y educarla, poniéndola por encima de todo
y de todos. ¡Entiende! No hay nada,
nada hay más importante que eso.
La familia lo es todo, no dejes
que los gánsteres de dos novios,
de dos maridos, de dos esposas
te quiten tus hijos. ¡No los abandones!
Ni Dios es más importante que la familia.
Y si quieres te lo explico.
Lleva tus hijos al punto de adulto.
Ahí, donde te reconozcan y te quieran.

Entre otras cosas; también, glorificarte,
más no lo acepte. Muere simple.
Qué no hay nada mejor que morir sereno.
Ya cumpliste como padre.
Llévatelo contigo a la tumba, pues ahí,
ahí solo se llevan los logros espirituales
y ese, ese es el más espiritual de todos.
Al fin y al cabo, en unos años nadie,
nadie te va a echar de menos.
Ya solo serás el trazo confuso,
las cenizas del pestañar de un sueño.
Cuarto, aprender un trabajo
en el cual te sientas identificado
y también, te haga sentir orgulloso
de que gasta cada minuto de tu vida
haciendo algo que realmente te gusta
y que disfruta a plenitud
pero sin mentirte a ti mismo,
ni presionado por la miseria, y la creencia
de que si no hay dinero no hay vida.
No hagas nada si no te gusta, si no lo disfrutas.
He aprendido que un minuto de ocio
fuera de algo que no te gusta hacer,
te libera, y vale más
que el mejor pagado de los trabajos.
La esclavitud comienza
cuando capitulas ese minuto de tu vida.
Y esa es la misma que existió dos siglos atrás,
solo que ha cambiado de color.
Lo dicen los poetas de Norte América.
¡Es verdad!
Quinto, rodéate de amigos,
de los mejores amigos y ríndele fidelidad
hasta al más vil de ellos
y no importa lo lejos que esté de ti.
Pero obsérvalos desde afuera,
sus pasos, sus intenciones, sus bailes.

Busca el mejor rincón para mirarlos.
Disfrútalos como si tú estuvieras
ahí, sentado mirando una película
extraordinariamente interesante
de sus vidas, sus virtudes, sus faltas y sus vicios.
Pero nunca, nunca dejes de verte
en la imagen que reflejan sus miserias.
Perfectos no serán, pero ellos
son los dueños de sus vidas
y tu destino rígelo mejorando eso
que no está más cerca
de lo perfecto que hay en ellos.
Sexto, escribe lo que piensas,
aunque sea palabra por palabra
y por lo menos una vez por semana.
Escribe un poema, algo en prosa.
Hay tantas cosas en la vida, en el alma,
de los seres humanos y tantas almas
en la vida de las cosas.
Sí, en cualquier cosa, y lamentos
de los que se pueden decir
y escribir ingeniosos pensamientos.
Versos perfectos, que en sus colas
serian coplas que riman con él chasquido
de los remos, esos que, movidos con estilo,
el viejo pescador mueve desde el centro
de su asiento en sincronía con las olas.
Aquel que se arriesga en alta mar
en busca, sin saberlo, de su muerte.
Simple, para un pez pescar.
No solo para alimentarse el, sino
al que por un par de pesos de su bote
se lo quiere substraer.
Y si no a la cerveza, sí escríbele un poema.
Si a ella. Siéntate a su lado,
dibuja con palabras lo que sientes,
mientras esa botella verde, parda,

erguida se encuentra llena efervescente
frente a tus ojos o a tu lado.
Séptimo, aprende, quizás ya lo sabe.
Pero aprende a disfrutar la vida.
Disfrútala minuto por minuto,
con la gente y las cosas más queridas.
En el transcurrir del momento a momento.
No lo dejes para mañana, o para luego,
no difieras, no aplaces las cosas.
Aunque no tenga la energía para hacerla,
siéntate, organízate, has la.
Hacer las cosas que debemos de hacer,
es a los 52 como un viaje de ida, sin retorno.
Donde a la llegada siempre, siempre,
se siente como una fiesta, aunque estés tarde.
Por eso no dejes que se te llene la mesa
de papeles, recibos, de cartas no escritas.
No dejes que el teléfono se te quede vacío,
llénalo, de lo que sea, hasta de agua
pero llénalo, llénalo ¿Qué esperas?
Después de todo no hay nada más bello,
y más intencionado para inspirarse
que un chubasco, un chorro,
o una gotera de agua que cae.
Y si cae de tu teléfono, pues mírala.
¡No es eso un milagro!
Ver una gotera de agua que sale.
Que se escapa del circuito aleatorio
de las descargas binarias
de una pastilla de silicio.
Inspírate y sino, bébete otra cerveza.
Posiblemente el desvarío, sí, ese,
te hará olvidar que deberás encontrar
dinero, para comprar otro teléfono
porque ese, ese se dañó.

Y yo a ti quiero decirte
que a los 50 y dos,
ya no importa lo que perdiste,
tu vida no se acabó.
Por eso no dejes de ver la pureza,
la intrínseca frescura, la sugestión de claridad
entre la velocidad del agua caer.
Esa la que chorreó, la que goteó, la que oxidó el teléfono.
Y vamos, coño, apúrate bébete la cerveza.
Esa la que mojó tu pecho y te abrió paso
a un momento de inspiración, creación y estímulo.
Esa acción sobrenatural de comunicación,
desde tu pecho hacia el punto más elevado
del éxtasi en nuestra existencia.
Así, ¡vez! No seas vago, bébete la cerveza.
Vive, vive, hombre vive o bebe vino.
Después de todo, yo también digo
Lo que repitió el gran genio norteamericano
Benjamín Franklin, yo aquí te lo explayo.
Y como un rayo y sin desdén
contempla de la lluvia, desde el cielo
hacia los viñedos su descender.
Y por las raíces de los parrales,
para transformarlos en vino
sutilmente penetrarles.
Y he ahí la obra,
otra prueba de que dios nos ha amado.
Pues, mojó la cepa
y de ella el vino nos enseñó a elaborarle.
aun no nos ha abandonado.
Nos enseñó hacer la cerveza por igual,
porque él nos quería ver contentos.
Sí y tristes también.
¡Basta! Y no te olvides
de la prudencia, moderación,
comedimiento y la templanza.

Los Abominables

Los abominables se fueron a dar un paseo
por El Monte Sagrado y encontraron una cruz.
Morada que se tendía entre las hojas sueltas.
En su centro un palo central que al principio parecía seco.
Y en el suelo binado, entremezclado con hojas sueltas.
Era carnoso con punta disforme y de repentina agudeza.
Desde su parte inferior y hacia su punta
más angosta en grosor, en medio de una ruta
enlodada de animales entre maleza y el calor
dejaba ver colores de hojas de un otoño fresco.
Que ha principio surgían como manchas carnosas
y repentinas desde un pequeño monte de algas,
verde oscuras, que más bien se asemejaban
a una cabellera indecente, despeinada y serpentina.
Era muy tupida y eran púdicos; también,
sus lacios bellos verdes-oscuros casi negros.
Los helechos, más altos y alejados del centro,
abundaban en el área, también.
Cuando se encontraron con la cruz, ya en sus ojos,
los abominables se dieron cuenta que esta,
esta era de carne celosa y estaba deseando
que el palo, del que tampoco se habían dado
cuenta los abominables, no estaba seco
sino duro y tieso como un fierro y
que penetraba por vez primera en la lleca
sagrada de una tierra firme y delicada.
Luego miraron y observaron los abominables.
Que, el cuerpo que lo retenía entre el lodo
se encorvaba, se doblaba, se arrimaba y estrechaba
muy adentro entre las huellas, esas que
los mulos, burros y caballos a su paso ahí dejaban.
Y el fierro que se hundía salía y entraba.
Aquel, firme se fijaba, firme entre la flacidez

y curvaturas de las paredes púrpuras.
Aquellas que, desde el centro, partían
un abdominal ojuelo que bien se parecía
a un ombligo opulento con cicatrices
tiernas y estriadas en su origen.
Era sangre y húmedo lodo que se revolvía
y convergiendo en una pasiflora púrpura;
también, enfatizando la cruz morada en su centro.
En el accionar sagrado del subir y del bajar,
como en contracciones martilladas,
casi entre gritos y clamores de suplicios,
emanaban de la tierra elocuciones alagadas
y la lleca en horcajadas, se ablandaba.
Y los abominables no dejaban de mirar.
Ya emitía sórdido, un sonido chasqueado
de huellas que se abren y se cierran
en el fango hacia el fondo de la tierra.
Las goteras salpicaban al cuadrúpedo
que parecía caminaba a un paso acelerado.
Y entre el hontanar del lodazar, con lacinias
de hojas frescas, que se cortan al pisar
de sus pesuñas, va cubriendo los tobillos, que
callosos emitían un sonido chispeante de agua clara.
Y en su cola hay una mosca, que de dicha acongojada,
no bajaba, no volaba y su murmullo no dañaba
a los intrépidos oídos, que indecentes y morbosos,
de los abominables a ella los miraban.
Y esperaron que la mula, de su frente, ella pasara.
Y el palo, ellos los tomaron en sus manos, con fuerza
lo extrajeron de la lleca. La que con dolor y alborotada,
abrió paso a un rio, que de sangre roja y fresca,
inundó las huellas en el fango.
Las que aquella bestia
y la mosca agarrada de su cola, les dejó.
Y luego fue la cruz, la que el cuerpo nos mostró.
Ella subió en las manos de los abominables,
con la purpura sotana ya enlodada, que a un cuerpo,

casi separándose del alma, ella desnudó.
Y en el centro de su pecho, más al lado, al corazón,
se miró un hoyo negro, que dejaba el jirón.
y la lleca dio un grito, fue un grito de atrabilis
y por él, un último esbozo de respiración.
Y exclamó, como un fogonazo, violento de luz,
y el trueno de un rayo que te corta de repente:
"¡Soy el cura, carajo, no me quiten la cruz!".

04/19/2019 11:39 PM

¡Oscar!

A mi amigo Oscar Jaimes, a quien me imagino,
andando por ahí, en algún lugar de esta tierra
aún, cazando auroras para teñir los sueños
inverosímiles de su mente preclara.
Amarrando golondrinas, para que no vallan
a salir y anuncien temporal.
Y en las horas más divinas, las del bello pensamiento,
no les valla nadie hablar
del estado y la trivialidad del tiempo.
Que, sus sueños, él los quiso hacer,
reventando hasta en sus manos.
Que, no eran transparentes sino
de un color desconocido.
Que eran cometas viajando muy deprisa,
impidiendo ser vistos por el desnudo ingenio
del pobre ojo humano.
¡Sé, qué un día te entenderán, te entenderán,
te entenderán, …!
¡Querido Amigo!

Pensando En Ti Oscar

Hoy cuando salga pensaré
en tu compañía
y pensando, sacudiré
mis dedos de alegría.
Yo con ellos, un chasquido haré
y de su seco sonido, una armonía,
que rime con el lub-dub emanado
de tu corazón en melodía.
No me sentiré solo.

Abrasaré tú alma.
Y sí en el silencio, aunque no lo quieras,
hay omisión, hay laguna,
junto a la discordante tristeza,
aquella que disfrazada,
a veces me embarga
y en el vacío me abruma.
Así, cuando en ti esté pensando,
seguiré haciendo notas
para esta melodía.
Entonces, mi corazón
se llenará de calma,
apartará la pena,
y en el misticismo del tiempo,
aquello que envilezca.
Y adoptaré, de el azul
de la gema de un zafiro,
la inspiración de amor.
Esa que, yace en la esencia del talco
almidonado de un blanco milo.
Y decirte que en tu alma hubo
sentimientos bastos.
Que lo tienes todo, mi querido amigo.
Si tal vez, aunque en sueños,
pudieras yo andar contigo.
Si sacudirte pudiera y el azul zafiro
de tu pensamiento salga,
otra vez, a ritmo de un chasquido.
Sería yo tu igual, intercambiaríamos
la misma novia, el mismo libro,
la misma silla, el mismo ungüento
y nos haríamos los dos a los 105,
quizás mañana, el mismo cuento.

04/07/2020
Letras Para Carlos Pueblo

¡Mi inolvidable amigo!
¿Y desde cuando tú eres religioso?
Me haces detener y pienso, medito,
me lleno de estupor y de nuevo pienso.
Y en el pozo de los delirios restringidos,
hoy me convenzo de que el mundo
es una rueda que gira en el marco
del desorden inexacto de premisas
inherentes, que nos vienen desde lejos
y muy lejos, inanimadas en la historia.
Y que anduvieron sueltas y descalzas
en nuestras almas, desde antes y muy antes,
de que se haya inventado la palabra gloria.
¡Dulce es saber que hoy tienes una creencia!
Pero más dulce es merecer el quieto goce
de que piensen que sufres de una demencia.
Hay ideas que cristalizan, y hay otras...
Aquellas que se hacen migas
y mientras corren conjuntas y rotas
hay un deslumbrar de otras espigas.
Extiende tus ojos, mira hacia el horizonte,
envuélvete en el crepúsculo de su despertar.
Porque, aunque lo dejes de pensar,
ahí estará extenso color bisonte.
Y no dejes de soñar, no dejes de soñar...
                    Tu amigo, siempre amigo

05/22/2020
A mi amigo J. Nazario

Cuando se cumple años y…, bueno,
ya no le ponemos atención a la edad,
es que estamos, con relación a ella, como el beodo.
Este bebe sin importarle la bebida o el grado de alcohol.
Le da lo mismo un buen vaso de vino selecto,
que el frasco de perfume,
que para beber, se vierte en un sucio tiesto.
Y aunque lo sepamos, por no ser lo cotidiano,
sin consuelo, si hay una pregunta,
aún no tenemos una respuesta.
Y otra vez se oye la pregunta
¿Quién sabe cuántos...?
¿Cuántos son los años?

Amigo Si Estuviera En Tu Cumpleaños...

Si hoy estuviera en tu cumpleaños,
te reviviría el espejo muerto
cargado de hojalatas tristes.
Le pondría lentes a un gato tuerto
y les pintaría el verde a las hojas
que caer no has visto.

Regurgitaría el sabor de aquel vino
que en el abejorreo de un bar
juntos bebimos.
Y el gran trago de cerveza
cuya espuma se perdió en mis ojos.
Si algún día, otra vez, nos sentamos
a recordar el pasado en una mesa.
De la amistad volvería abrir,
con la espuma de esa cerveza,
los oxidados cerrojos.
Y recordaría al majestuoso gato
que ya viejo caminaba cojo.

Y entre aquellas hojas que, ya secas
viajando en la hojarasca, iban empujadas por el viento.
Amarillas, gastadas y precarias
de colores macilentas.
Me volvería a mi casa como velero
navegando sin contar el tiempo.
Y mi amistad se iría junto a tu alma
en la excelsitud del bordoneo
y tu esperanza.
Como golondrinas que anidan dentro
y vuelan desde tus maletas.
Bailando entre ladrillos, y adoquines,
dando tumbes al compás de una retreta.

601/21/1990

¡Ellos saben Quiénes Son Ellos!

Yo tenía un amigo
que nunca lo había visto.
El siempre acusaba alguien,
no lo hacía de imprevisto.
Y decía: ¡Ellos tienen la culpa!
Y yo le preguntaba:
¿Quién es ese el que te usurpa
o el genio que te ataba?
Y el amigo, en vez, me repetía:
Son muchos yo lo sé
y se reía y entretenía
sin decirme el porqué.
Y un día muy de súbito,
cuando menos lo esperaba,
yo, casi obtuve mi propósito.
Sin saber qué me amparaba.
¿Quiénes son ellos?
Le pregunté a quema ropa
y como afirmando un matasellos,
me apunto directo a mi boca.
Y así burlesco, me contestaba:
¡Ellos saben quiénes son ellos!
Y era esa, la respuesta que me daba.
Mi amigo un día enloqueció
y echó su suerte al río.
Y tanto fue lo que nadó
que ahogase en su albedrío.
Yo lo acompañé en su ceremonia,
muy triste de luto al cementerio.
En su despedida honrada y matinal
aún, yo intentaba resolver este misterio.

¿Quiénes son ellos?
Le ofrecí mi respeto y le ofrendé
blancas gardenias y un crisantemo
con un par de bellos recuerdos.
Le recé un padre nuestro,
con lágrimas, lo hice y muy en serio.
Me acerqué silencioso, y quieto a su ataúd.
Lo vi muy entregado y en su cara dos destellos.
Me pareció verlos encendidos y abiertos,
esos dos ojos que parcialmente, se cubrían
con sus espesos cabellos.
Yo extendí mi rostro y sorprendido,
vi de su boca, que entornaba muy burlesca,
con sus ojos que brillaban, al hacerme una mueca.
Y como un ronquido, que salía del medio del ataúd,
como resolviendo, sin proponérmelo, el misterio.
Una voz que salió y resonó como un alud;
Muy gruesa dijo: "Yo ya no soy parte de ellos."

Tantas veces me enamoré en la vida
y otras tantas, de súbito, me abandonó el amor.
Por cada amor me quedó una herida
por la que, abierta, de mí se deshacía el dolor.
Y hoy debajo de las cicatrices, de aquellas heridas,
aún vive el amor y también, aún hay vida.

Acertado Dardo Rojo

Aunque no te hable
siempre habrá un motivo
para yo pensarte.
Y por eso ahora,
aunque entre sueños,
es que yo te escribo.
Se que no habrá sueños
con razón más grande
que la de yo amarte.
O sobre esta tierra
tenga más sentido
que dejar la vida
sí en vida no vivo.
¡Y que ilusión tan grande
este amor prohibido!
Me llevará a la tumba.
Y aunque sé, allá
yo menos podré verte.
Hoy también te digo
que, por la ilusión
de aquel beso, entre
penumbras perdido,
aunque no lo he jurado,
nunca más te olvido.
Qué si vivo o muero
no hay que ir muy lejos
tú serás el motivo.

Pero fue aquel beso
ese dardo rojo
que diste a mis labios
y acertó en mi pecho
el que alborotó mi alma
y desde entonces yo
no puedo vivir
en este desconcierto.

01/01/2016   1:23AM

De La Imperfección a la Purificación

Cuando la imperfección
se hace consciente
de la existencia de lo perfecto,
nos apasiona llegar a ella.
Y así encontramos, que
cuando una pareja es
considerada que será
perfecta y se junta,
no necesariamente
se convierte en un
matrimonio perfecto.
Sin embargo, solo
y hasta cuando
esta pareja comienza
a disfrutar de sus mutuas
imperfecciones,
en el espiral ablucíónico
del amor hipnótico.
Se hace su amor imperecedero.
Porque así es el amor.
La imperfección de lo perfecto
y más aún, es el amor,
de la imperfección:
El vino y el agua
con que se hace
la purificación y lavatorio
de los que se aman,
para solo desaparecer
el día de sus muertes.
Y ablucíónico, al fin
aparecer en las mentes
de los que aún viven.

Bajo el Edredón de Plumas

Aquí estoy brindando por ti
¡Yo!, en silencio. ¿Y tú?
¿Duermes o te enroscas
sola en el edredón de plumas?
¿O entre los sueños, aquellos
que entre arena cálida
se van escurriendo mientras
las burbujas dejan las espumas?
Simplemente deseaba darte
una caricia desde mi soledad.
Soledad esta, que intransigente,
no acepta la distancia.
Esa que no desperdicia un momento
de la dulce melancolía.
Y me haces en caída libre consentir,
allá lejos, tu existencia.
Esa que hacia el fondo del abismo
de mi profundo sentimiento
aún veo en blanco y negro
como fresca fotografía.
Y mientras voy, en el impulso,
me haces de mi viaje, dirimir.
Y entonces, me asedian llorosos
los fantasmas alegóricos.
Esos los que viven en mi cabeza,
porqué ellos, se han puesto celosos.
Y es que yo te vi dormida,
enroscada y sola
en el edredón de plumas
o entre los sueños,
esos que entre arena
cálida se van escurriendo,
mientras, las burbujas
dejan las espumas.

A la Rusia Que Conocí
¡Ojalá!

I

¿Cuéntame? ¿Qué de tu vida?
¡Ojalá!, que las dificultades
que casi la tercera parte
de la humanidad ha estado
sufriendo no te hayan tocado a ti.
¡Ojalá!, no sea en vano,
que se atice la ilusión,
que ha templado el alma,
para grandes empresas.
¡Ojalá!, el encuentro
con ciertos santos,
con las mentes ilustres
de los genios vivos
y los aún ya muertos;
las notas, que extasían el alma;
y los poemas, cuyos versos
te hacen chispear de emoción,
sigan siendo el resorte y empuje
de tus sueños y veneración.
Hoy y durante estos tristes días
tan nostálgicos de soledad,
de cantos de grillos, en casa,
abandonado, he estado yo
recordando y repasando
las páginas que describen
el algoritmo lírico de mi pasado.
Ese, el que muy pocas veces,
en el trayecto de mi vida
volví a mirar.
¡Qué pena, que es ahora
y que triste, que aún así,
trato de recordar!

II

Y yo aquí en soledad.
Mientras trataba de construir una
Primavera de eterna felicidad,
efímera en mi mente soñadora,
brincaste tú desde una trinchera
y me dijiste adiós.
¡Y sé quién fuiste tú!
Por eso tú, inmortal
amiga, amigo,
desconocido, desconocida,
prima o primo,
cuñado o cuñada,
sobrina o sobrino,
hermano o hermana
hoy te hablo desde aquí.
Yo saludo y afilo el brillo de mis buenos deseos,
para que lleguen a ti sin que se pierdan
en las tinieblas de las tumultuosas
conjeturas de la distancia.
Y corten del viciado tono, de la penumbra flaca,
las noticias tóxicas, ácidas,
sensacionalistas, pobres y vagas.
Aquellas que nos llevan a muertes estrepitosas,
y no hagan de nosotros una sombra inexistente
en el perfil del tiempo y de la muerte.
¡Brindo por ti y por tus logros!
Brindo, también, por todos aquellos
cuya amistad no sobrevivieron
al flogisto y acción donde ardían
la llama azul de los sueños.
¡Un abrazo! Soy el mismo.
Aunque hoy he cambiado
pues, me baño en nuevas aguas.

III

Y aunque entre corrientes
no estoy muy lejos de ti,
aún sigo aquí presente.
Aquí estoy contigo, detrás,
de tus imaginarias ilusiones,
en la vaguedad de una nube infundada.
Divagando entre las bajas
y altas notas de una retreta.
Leyendo tus cantos,
los que oigo bajo una luna
y en medio de la sombra
de su cuarto menguante.
Ahí donde tímidos
y melancólicos grillos
van dejando el Cri-Cri trémulo
en mi oído.
Como las notas corrientes
de un resorte que timbra
sentado en el timón.
Sí, ahí en el lado derecho
de la bicicleta de mi niña
en son de dirección,
galopante y resonante
cajita, hierro relajante
cubierta ovalada
campana de armazón.
¡Trin, trim, trim…! ¡Trino!
Recordando que estoy aquí

IV

¡Ojalá, estés bien!,
y no hayas estado sufriendo,
de ningún padecimiento.
¡Ojalá, a esta hora!,
el sol te estés sonriendo
y no haya en ti lamento.

¡Ojalá, a esta hora!, la ingenuidad
y la pureza de tu candor,
ese que descubro
en la constante espesa mirada de tus ojos
y la transparencia de mi imaginación
esté brillando, como un sol.
¡Ojalá!, la estela dorada que surge
desde el mismo origen de tus pupilas,
desde esas, que luces anaranjadas
con colores de alborada,
me hablen de tu pudor
y del recato,
como si por ser amiga
siempre llevara su alma
colgada en mi amor.
¡Ojalá tu estés plena!
así como una hoja verde,
en la copa verde,
de un verde árbol.
¡Plena bajo el sol¡
En su majestuoso cogollo
y sin el saberlo,
extrayéndole su luz
y también su gran calor.
¡Ojalá ahí estés!,
a la orilla de una playa
de finísima arena blanca,
con aguas muy calmadas,
con caracolas y moluscos,
que se arrastran en las olas,
las espumas y bajo el sol.
Del caribe o quien sabe
sí del sur, o de que parte;
pues, aunque en primavera;
aquí, en el norte hace frío
y azota esa brisa de invierno,
que espesa viaja,

cansada y agotada
aún te pega con su brío,
oxidado de una espada.

V

Yo aún espero por el cambio,
aunque sea un extravío.
Y de tu fotografía, aún deseo ver
ese segundo que partido
se rompió en veinticuatro partes.
Y saber cuál de ellos te tocó
a ti, para hacerte icono,
un icono entre las artes.
Si tu belleza sigue en aumento,
si tú cuello sigue aún erguido,
sí tus cejas siguen frescas
y tú ojos soñolientos.
Más aún, deseo ver yo,
cómo, cómo fue que se serró
detrás del lente el diafragma,
y a que peca de tu cara
apuntaba la mirada
de aquel, que desde su cámara,
quizás, pude ser yo.
¡Y qué bueno!, que ese,
bien tuvo la suerte
y a ti te retrató!

Moscú, final de la primavera, 1989
a Mayumi Sacamoto y lo que pude recordar...

El intento de un Poema y Una Nota

I

Está crudo, hay que coserlo.
La esencia se siente
y les salen los zumos.
Pero las palabras,
esas que ilusionadas
veo cabalgan tras el orden
de una caminata por Moscú.
Sí, están divagando
y andan por el sendero
de una composición alborotada,
pero llena de esperanza.
Y las veo firme, como la piedra dura.
Esa que por el escultor
está llamada a ser labrada.
Y sí, creo que hay que dejarlo
un par de días, que se asiente.
¡Qué se oree! ¡Qué se haga!
Y su aroma brotará y mientras tanto,
vamos pensando en lo ardiente.
En que hay un alma consagrada
a su estímulo inherente,
que ha de despertar.
Siempre, siempre bajo el manto
de un sol que se escapa a través
de las amplias y verdes rendijas
y los troncos blancos
y teñidos de abedules moscovitas.
Esos que despiertan en tus manos
y descansan en las blancas,
lilas blancas de tu alma.
Esas que, aunque las alejes, no evitas.

II

Mientras haya una memoria
recopilando las vivencias,
habrá recuerdos,
que en el tiempo, no se borrarán.
Y los años queriendo retenerlos,
a vivir más nos ayudarán.
Fluidamente cabalgo entre un
mundo de ensueños y recuerdos.
Y así, entre los tuyos, porque esos,
esos; también, a mí me acompañan.
Y mientras vivo, veo abedules
caminando contigo, en las noches largas,
del pasado en mis sueños.
Y en las cortas
allá donde el presente
y el pasado se enmarañan.
Aún siento entre caricias
tus dulces palabras que me hablan.
Y esas, jamás, nunca,
siento que me engañan.
Pero nunca, otra vez, me llevarán,
junto a ti, en tus campañas.

Mayumi, nunca te dije, que lo de las lombrices,
fue una broma que te hice.
Y te la dije por aquello que me dijiste de las
babosas.
Pero es verdad, tanto las lombrices, como las
babosas, cuando están al descubierto, en la
intemperie, se espiran a sí mismo.
Pero, si hay más de una, como si se estuvieran
saboreando, se enroscan, no para amarse, eso
nadie lo sabe, sino para proteger su humedad.

Sábado, 09/09/1989
Tomado de un trozo que quedó de un borrón
para la única carta que, alguna vez, le escribí a esa
preciosa persona.

Entremés Poético

Dame un genio.
¡Quiero más!
Da me uno y dame dos.
Dime lo que hicieron.
También, lo que escribieron.
Y cómo su invención se disfrutó;
entonces, te diré yo,
cuál era el más sabio de los dos.

Preámbulo Para un Poema

Adam y Eva con las Ardillas

He encontrado que, desde que los Jardines Botánicos se hicieron oficiales, a partir del renacimiento, como centros de estudio y cultivos de plantas medicinales (Hortus Medicus, Sanitus, Erbarium Botanicum) También, han sido centro de inspiración para los poetas y escritores. Y a pesar de que estos, no siempre, han querido curar las partes físicas, donde habitan las almas de los hombres y las cosas, sí han querido curar las almas en sí.
Por eso, es común encontrar uno que otro poeta, caminando, tomando apuntes, o cazando alguna inspiración, para su próximo poema, en el Jardín Botánico.

Un sábado, hace ya mucho tiempo, a inicios de una primavera, me escapé del ruido mundano de la ciudad y terminé en un Jardín Botánico. Vagué por todo un día entre arbustos, árboles frondosos, muy altos, de follaje espeso y flores multicolores llenas de encanto. Con el canto de las aves, las fugas de sus vuelos inquebrantables, las nervadas alas de las mariposas y su constante tremolar, se llenó mi alma de una alegría inmensa.
Tan inmensa, como un plenilunio que yo no conocía.

El siguiente sábado, hice lo mismo y así, hasta el inicio del verano, perdiéndome entre las sombras de los árboles, o los aromas de las flores; o bien, subido casi en la copa de un árbol, escondido, me pasaba todo el día. Las ardillas y las aves eran mis amigos en esos lugares. Hasta que un día, justo cuando el sol en mi horizonte, envuelto en fuego se ponía, sin decirle adiós, me bajé del último árbol en que me escondía, y de las ardillas no me despedí. Tampoco de las aves, porque esas, ya parecía, se acostaban sobre el crepúsculo y justo este, ya casi dormía.

Adam y Eva con las Ardillas.

Un collar de perlas que se derramó
y una orquídea solitaria, que del susto,
sin mediar emoción, en el tronco
arrugado de un árbol, sola les observó.
Yo también, sin quererlo estaba ahí
y pasé inadvertido.
¡Fingía no mirar!
Pero no, me era imposible.
Era grande, frondoso, verde el árbol,
muy tupido y con flores el follaje
y en su centro nada era visible.
Me había subido y encontrándome
no muy lejos de su cima.
Encontré cuatro orquestadas ramas
y una apretujada arcina.
Donde me senté a contemplar
lo paradisiaco de la casi virginidad del paisaje.
Y ese árbol era mi balcón,
y desde ahí, de ese que crujía,
con sus grillos en sus troncos,
la brisa empujaba una rama,
que a medida que el follaje se movía,
una sombra resbalaba y se caía.
Eran las ardillas que se molestaron
cuando sintieron ahí, en el jardín
de su casa, una pareja de novios.
Que tranquilos en el suelo,
una blanca sábana, tendieron.
Y sobre ella, después de un largo beso,
en un apasionado abrazo,
se dejaron caer y se hincaron.
Ella, poco a poco, comenzó
a mostrar su juvenil intimidad
y un seno de su pecho erguido.

El pezón, cuál dedo índice apuntó
y tal cual cangrejo tuerto, mirando el camino,
en los ojos de su amado, se explayó.
Y él con rica ternura, un beso le extendió.
Luego, ella prolongó su mano
y con sus dedos, le bajó la cremallera.
Y su miembro, sin sombrero,
como santo elegante, sin corbata
en la escena apareció.
La luz se reflejaba en la brillante
calvicie de la terrible solidez
del desenfrenado cartílago.
Ese que, obrando con toda timidez,
se estiraba y desde su macerado
músculo sartorio, buscaba el río
de deseos, que inverosímil, se cruzaba
a un poco más de 9 pulgadas.
Buscando el horizonte de su punta
y hacia arriba, en un cielo abierto,
porque era en la naturaleza donde estaban,
y el ojo del cangrejo, más le apuntaba.
Su magistral cordura era intransigente
y esperaba por dos labios verticales
que en su vulva lo abrigaran.
Y yo, que sentí vergüenza, me sonrojé.
Y aunque accidental era que ahí estaba,
me bajé del árbol, les pedí disculpas,
cerré los ojos y sin mirarlos, a ellos
dándole la espalda, me alejé.
Apurado yo le dije: Hay ardillas.
Y me fui. ¡Qué pena!
Yo del árbol no me despedí.
Y de esa Eva y ese Adam, yo no supe más.
Hasta que en un golpe y de rodillas,
un día, muy lejano,
 yo decidí, sin querer, leer la biblia.

08/22/2020 a las 6:45

Los Que Tienen Alma

¡Buenos días! ¿Cómo tú estás?
Yo aquí, como los murciélagos,
algunos felinos, los búhos
y otros tantos, sonámbulos
delirantes, cazando sueños
despiertos de la noche.
Como niño del pasado,
en un poema de Góngora.
Mirando hacia un punto desconocido
y con el alma, atrapando alelíes.
Intentando que me dejen,
aunque sea, la fragancia
y el perfume terciopelo
de sus pétalos en él alma mía.
Tratando de encontrar una estrella.
Que deje su brillo impregnado en mi memoria;
mientras, mis ojos se encaminen hacia el centro
de la órbita oscilante de sus huellas.
Anhelando el minuto furtivo
de un sueño, aquel que un día
del pasado, sin quererlo,
lamentando yo dejé en el olvido.
Y así, extendiendo mi dedo índice
y mojándolo en una lágrima,
que involuntaria brotó del alma.
Se acerca a mí un pensamiento
aleatorio, y me dice de una colmena
de simples y de pocas abejas
que en una estación de bus
les hablaban a tus orejas.
Y la puerta que, detrás,
teñía la noche de oscuridad,

se abrió y nada más mostró.
Tres cuerpos abstractos, lisos,
y sin viseras, tendidos como
lienzos color madera,
en un surrealismo de pie
que amarraba un zapato
que había resecado el estrés.
Se excitaron, se volvieron
hacia mí y me dijeron
que en la próxima puerta
estabas tú, que te buscara
al otro lado.
Que también, quizás, encuentres
a una madre con el busto rebosado.
Y a su niña, que lo tiene, a su vez,
en su boca tierna de bocado.
Ahí podría el alma estar lactando.
Y era ahí, que centinelas estaban,
queriendo escapar de entre alámbrales.
Ellos aún están; también, conectados
a los sentimientos que tienen alma.
Queriendo, cual la leche materna,
escapar del pecho rompiendo a raudales.

10/29/2018
Incancluso Fogonazo de Luz

A veces me suceden cosas
que no sé cómo explicármelas.
Y a veces, hay cosas que pasan
tan rápido por mi vida, que a veces
pienso que, si esas cosas
me las explicara, nunca tendría
el tiempo de disfrutar de ellas.
¿Sería que el lapso explicándomela
es lo único que disfrutaría?
¿Y el momento de éxtasi, aquel
el que está en el ápice del descubrimiento?
¿Aquella pequeñísima, reducida y nómada
parte delicada del meollo?
Sí, son esas más, pero no menos,
que la irradiación de esas luces
y relámpagos, que se encienden
para alumbrar el momento.
Cuando ellas estallan y pasan
directamente frente a mi cara.
Luego, en el cabecear fortuito
del va y ven, del devenir de los días,
me convierto en cazador
de luciérnagas en busca
de ese punto de luz que se perdió
en el ancho camino
de las cosas que me suceden.
Las que no entiendo y no me explico.
Esas siguen ahí latientes,
como luceros de mi pasado.
Hasta que un día viajo
de vuelta hacia ellas
y las encuentro congeladas, quizás..,

como caldo de cultivo en mi memoria.
Entonces la observo curioso,
con ojos de niño; creo,
y desde todos los ángulos.
Tratando de desatar algún nudo.
El que abra el enigma que resbaló
a mi pensamiento aquel día
que, sin tener el tiempo,
solo un momento, para mirarla,
no le dediqué un lapso, paciente,
de tiempo para explicarla.
Así encontrar las mil hipótesis
y si acaso, respirar el vaho
de la fragancia
del monte de las lilas
que me llevó hacia ella.
Entonces pueda yo
en ese momento saber
que es eso, lo que con esa luz,
que alumbró un momento
de mi pasado, podría yo hacer.
Así visito otro enigma
del pasado de mi vida.
Y otra vez, me levanto la estima
cuando me suceden cosas
que no sé cómo explicármelas.
Y sé, sé que a veces,
hay cosas que pasan
tan rápido por mi vida,
que pienso, que si esas cosas
me las explicara,
nunca tendría el tiempo
de disfrutar de ellas.
Pero mucho menos
disfrutar esas límpidas
luces y relámpagos

que se encienden
para alumbrar el momento.
Cuando ellas estallan
y pasan…, directamente
frente a mi cara
alumbrando mi vida.
Y yo me enfrío y digo
¡Ay! ¡Ay! ¡Ay! ¡Ayyy!
Si la descarga
pudiese haber sido
un poco más larga.
Es todo cuanto pido
aquí para explicarla.

05/24/2017

Este poema fue escrito alrededor del año 1990.
Mientras yo vivía en Berlín, se perdió junto a otros
escritos y en la fecha arriba mostrada, yo lo traté de
rescatar, sacando de mi memoria lo que quedaba de él.

El Pregón Del Limonero

Las tres, del almuerzo pasada la hora.
El sol, hacía sombra de su tez
y empapando de sudor su morra,
lo quemaba dos veces a la vez.

De limones iba su carretilla llena,
la empujaba él con gran audacia,
gentil, corpulento sin gloria ni pena,
pero con inmaculada y santa gracia.

Era un ciego de párpados hundidos,
como reforzados con melaza en lazada,
al fondo la hendidura, los ojos impedidos,
botones en cara agreste y lágrimas de lava.

Era pregonero de un abril en primavera,
cantando su ilusión en re y muy aguda,
de hojas en otoño, que caían en la vereda.
A veces soñoliento y expresión muy muda.

Y así decía en estribillo:
Si hojas que caen
son hojas marchitas,
andando en la calle
hojarasca bendita.

Aunque tu no las veas,
vendiendo limones,
jamás las evitas.
Y repetía, como canto de grillo.
El ciego su estribillo.

Su pregón ensalzando limones a gritos.
Agrios, verdes y amarillos, para ti llevo.
Del limonero, tiernos y los más bonitos,
refrescantes en limonada azúcar y hielo.

Las coplas que nos ponía de cintillo
las repetía, siempre en su estribillo.
Si hojas que caen
son hojas marchitas,
andando en la calle
hojarasca bendita.
Aunque tu no las veas,
vendiendo limones,
jamás las evitas.
Y aún más, decía el ciego limonero.

Qué importa que subas muy alto.
Qué importa que bajes al fondo.
Si lo que importa es lo basto
de cuanto hemos sido fecundo.

Si hojas que caen
son hojas marchitas,
andando en la calle
hojarasca bendita.
Aunque tu no las veas,
vendiendo limones,
jamás las evitas.

Se oyó la voz del sórdido viejo cantar,
lúgubre, mordido y cansado en su camino.
También, decía en su triste y vago caminar,
atiborrado estoy, ¡lamento tanto y tanto vino!

Y afinando su verso en una retreta,
ya no solamente quería cantar,
el humilde limonero, tras su carreta,
encumbraba su verbo para filosofar.

Que fue a entender su soberbia,
la que decía ya era intelectual,
porque le había nacido en la selva,
leyendo un viejo periódico actual.

Y abofeteó su propia cara inocente,
de servil cuero reseco inmaduro,
mientras, leía en voz alta y presente,
el más potente discurso del muro.

Sacó un papel blanco, como su alma.
Lo olfateó y tocó, cual limón plano.
Y rebuscaban sus dedos en calma
hasta encontrarle forma en su mano.

Mostró su cara al este, y al oeste.
También, mostrase al norte y al sur.
Y en vista de lo que leyó, agreste
ofertó su pluma ya al cielo azul.

Dijo que le había caído una paja,
a su ya avanzado y complejo pensar.
Y lo cubrió con una pieza de alhaja
para evitar más cretinismo ensalzar.

Cinismo embutido en espacio hueco
del norte del paladar con herramienta.
Fantoche de un pensamiento seco
y de una mente que no escarmienta.

Y ofertó sus limones y amor el limonero.
Aquel que nos dejó en el aura del alma.
Y haciéndose eco de un triste cancionero
cantaba a viva voz su ternura y calma.

Entre el amor, la vida y hasta en los sueños,
encontré un amigo que me dio la mano.
Me dio consejos que, eran profundos, buenos,
simples. Y dijo, que yo era mortal y humano.

Si hojas que caen,
no fueran marchitas
andando en la calle,
que ilusión tan poquita.
Aunque tu no las veas,
vendiendo limones,
jamás las evitas.
Y así se perdía en el horizonte
el limonero.
Dejándonos su ilusión,
cantándonos sus penas,
dejándonos en el alma
el pregón de su pasión.

Su pregón ensalzando limones a gritos.
Agrios, verdes y amarillos, para ti llevo.
Del limonero, tiernos y los más bonitos,
refrescantes en limonada azúcar y hielo.

Para ti llevo, para ti llevo…
Este es el limonero

07/21/2015. 11:00PM
Mi padre decía piensa, razona con humildad
y si eres capaz de interrumpir con algo mejor
que el silencio, para engrandecer el momento;
entonces, habla.
Pero, en el medio de tu filosofar,
asegúrate, que la susceptibilidad
de la razón, no exceda la prolijidad
del amor que se guarda en el corazón.

Asuntos de Razón

Plácido en el atardecer,
se paseaba la razón
con intención de agradecer
a los matices del corazón.
Hoy, soñó que era poeta,
alma soñadora gigante,
de barba larga y revuelta
corazón, como diamante.
¡Quién, hasta en sus sueños,
no deja de ser hermano
de Sofía la pensante!
Calva, dura y bien parada,
fijabas sus ojos en gozo.
Decía nunca será derrotada
aunque caigas en un pozo.
Mi abuelo la conoció.
Mi padre, que miró a su alma,
siempre con buen ojo, la persiguió
y en su búsqueda llegó
hasta el tope de una palma.
"¡Aráñala si es posible!"
También, me decía el viejo
y verás que es previsible
no andar, como el cangrejo.

Después que la arañé
hoy la vida me retuvo.
Viví más, también soñé,
que por ella
no se andaba por un tubo.
También, me sentí muy alto,
iba entre nubes y horizonte,
ya miraba a lo basto
y espacioso desde el monte.
Pero, aunque me fui muy lejos
y anduve hasta perdido
cual, en las noches, el solenodonte,
me escondía tras las páginas de un libro.
A pesar de eso, todavía,
hay cosas que no entiendo
de este corazón infatigable.
Pues, mientras aún me va latiendo,
yo siento el ritmo inclaudicable
de su sístole y diástole,
entre el dup-lups de los latidos.
Hoy aún yo me pregunto:
¿Por qué, aunque la razón
dice infinitas cosas,
es solo del corazón
qué brotan las más hermosas?

A mi padre en el día de su muerte
Daniel Anico Báez. En paz descanse.

Desde el corazón de mi madre

No me importa la muerte.
Solo me importó
en el pasado.
Antes de morirme
y antes de conocerte.
El día, que de amor ardí
y cuando me tocó perderte.
El día que mi amor te di,
que fue el día de mi suerte.
Cuando dejaba de existir
y ya no podía tenerte.
Abracé yo la esperanza
de no ir al purgatorio
de la muerte la semblanza
y de no estar en el velorio.
Pero era yo, estaba inerte;
entonces, pedí un deseo.
De oír decir ¿Dónde estás?
¡Qué quiero verte!
Abrazando el pecho frío,
ahí estaba el más pequeño.
Indicando con gran brío
hacía donde arde el leño.
Padre, Padre sigue esa luz,
la vela y su horizonte.
A su oído susurraba en cruz
con la pena del sensontle.
Entonces, una fuerza exuberante,
marginó el cuerpo,
lo hizo frío
Y unas ansias redoblantes

Lo apretó, y fue al vacío.
Lo así y un éxtasis de alegría
mostró su rostro, libre de agonía.
Y sé fue, nos dejó el padre,
el nonagenario y su brío
en absoluta paz y armonía.
Yo me acerqué a su cuerpo
me incliné, recosté mi cabeza,
sobre su pecho, que aún estaba tibio.
Le miré su cara desde su barbilla.
Por última vez, sobre su corazón,
con ansias de decirle adiós,
descansé mi oído
sobre el pecho desnudo
y no hubo suspiro.
Solo un silencio y alrededor lloros.
Yo apreté mis dientes,
cerré mis labios
y profundo di un respiro.
Y como un vaso que se desgrana
de un golpe seco sobre las lozas
oí un ...-luuup que, armonizó a mi oído
para cerrar su ciclo.
Se había dormido y despierto estuvo
93 años, 203 días y las horas,
esas largas horas de agonía
que, como a todos,
al nicho ya lo conducían.

Parte II

Padre Quiero Llamarte Antes de acostarme

Te recuerda la tarde que saliste,
cien veces te miraste al espejo.
Cuando por primera vez te fuiste,
el fieltro agarrado al barboquejo.

Fuiste tú, gran jinete en bicicleta,
galopando sobre resortes de acero.
Fuiste hasta objeto de pinacoteca
de un pintor quien sabe, es agüero.

Pasaste piedras, rocas, chiqueros,
el camino, como nos los describía,
aquella naturaleza virgen, higüeros,
espesa bendecida, lo que más había.

Remozado de mil flores, verde y colores.
Era el camino más que una corona larga.
Al final, se guardaban en pecho los amores,
de aquella que llevó tu alma en su carga.

Por el resto de tus días.
Por el resto de tus años.
Por los ocho que creías.
Cada uno era un peldaño.

La que te parió ocho hijos.
La que se inmoló en laureles.
Y transformó la hiel en higos,
de los cuales, hoy brotan mieles.

Tú que te entregaste con candor;
mientras, pedaleando timonel,
ilusión chispeante, como un sol,
siempre nos enseñaste a no caer.

Aún recuerdo, Domingos, claros días.
Tú tarareando canciones viejas,
valses, tangos y otras melodías,
poemas, más nunca unas quejas.

Nunca dijiste la distancia que había,
para llegar donde mi virgen madre.
Ahora sé que era poesía y sí sabía,
sólo sé, por lo que el fierro sólo arde.

Para ti, la ilusión de ver a mi madre,
motor que arremolinaba, adrenalina
y tus piernas de plumas caladre,
titanio, turbinas pujando a la cima.

Intrigas centellean en mi cabeza.
`De como tú, sí bien así lo hiciste,
fue sólo por un golpe de certeza,
o fuiste genio o ángel que viviste.

Padre
Ahora descansa en paz Ángel Grande,
Siluetas del ayer, Padre mío, sempiterno.
Te hablaré pues, cuando Dios mande.
Qué creo, estaré aquí para otro invierno.

09/08/2015
Rezando

Transforma
El infinitivo del verbo rezar.
Ponlo en subjuntivo
y encontrarás vacas
caminando por el camino.
Si lo conjugas en plural,
santas oraciones
y la parsimonia protagónica
del rumiante imperecedero
que llevas en ti.
No te vayas por lo coloquial
dirige tus oraciones,
más allá del oficio divino.
¡O cántalas!
Que haciéndose eco
en tu corazón,
ya no existirá el vacío,
ni habrá razón,
para tu vivir en miedo.
Si en contraposición,
te muerdes el orgullo,
de no recitar
o decirlas en oración.
¡Siéntela, vívela, dómala!
Y ordénalas para ti.
Idolátralas en tu corazón.
I verás, que al doblarse,
estas campanas
se doblarán por ti.
Y volverás a ser dueño
de toda tu ilusión.

Días antes de la ida de
nuestro padre al santo sepulcro.
A propósito de una fotografía
publicada en WhatsApp por un familiar.

02/06/2015

Oda a La Vespa

La Vespa a mi padre lleva.
La Vespa a mi padre trae.
Y una lluvia en ella,
sobre su hombro cae.
La Vespa,
la que nos sacó de empeño.
¡Oh, dulce melancolía!
¿Fue del pasado un sueño
esta vieja fotografía?
Quizás la añoranza,
o el pasado sempiterno
clamando venganza
de vivir un futuro eterno.
¡Vieja Vespa! ¡Oh, melancolía!
Bípedo azul mecánico,
hoy recuerdo tu sonido
de una nota, un cántico,
tuuntunéeeo resonante,
y a lo lejos tu silbido,
despierta redoblante.
Sueño tu pasado, sueño,
que eras carro grande,
agarrado de mi padre,
aunque ande lo que ande.
¿Vespa?
Se que no perseguiste
la gloria, ni lo eterno

pero rondas mi pasado
como fuego sempiterno
¿Vespa? ¿Vespa?
¿A dónde te has ido?
Se ha ido tu viejo sonido.
¡Vespa!, cuanto añoro
con mi padre,
una vez más
me lleve contigo.
A un nuevo destino
y ver el sol naciente
de un nuevo camino.
¡Vespaaaaaaa!
¿Por qué te habías perdido?

09/24/2015

A la Gracia del Quijada

Yo que apilé conocimientos
que hoy no son de envergadura.
Quiero hacerles saber los lamentos
de este caballero sin herradura.

Yo que primero vi
de fierro un gran jinete,
decorado de un rubí;
una lanza, en una mano
y en la otra un torniquete.

Era el buen hombre, amplio.
Por sus palabras convencía.
Era todo amor,
en él no había agravio
y su hablar era todo poesía.

A la gracia
de este hombre ecuestre.
Me quise yo adherir,
vestirme como él, jinete
y por la justicia irme a morir.

Me dijo:
Os te defenderéis, sí queréis,
en cuantas batallas tengas,
pero tú, bien has de sabéis
el matiz de esta corta arenga.
¡Bien lo dijo Epítetos,
cuando le retorcieron la pierna!

De mí, en corta retórica,
yo aún te lo digo:
Aunque, la vida te des un revés,
aunque, te canses en el camino,
vive, lucha y no te detengas.
¡Vencer siempre seas tu destino!

08/23/2018

Declaración De Amor Para Dos Niños

El día en que a tu orilla llegué,
riachuelo cristalino, entretejido,
bajo sombra de hojas verdes,
yo encontré más que bondad.
En tus aguas, que rebeldes,
me aceptaron, fui el elegido.
Y en mi corazón sagrado,
para siempre te albergué,
como si yo fueras el nido.

Y hoy me mojo yo mis pies
en tus aguas cristalinas.
Entre toda tu pureza
de mañanas muy divinas.
Y cuando llega la aurora,
del día y sus colores;
tú me das un arcoíris,
y me enseñas la grandeza
de toditos tus amores.

Una Luna tú me diste.
Una perla que me inspira,
para verla desde cerca
y darle beso en sus mejillas.
Y mientras ella ya se duerme,
yo andar solo en cuclillas.
A la cuna, cantarle una canción,
recitarle, viejo, un dulce poema.
En él que toda mi razón,
nunca, nunca la llene de pena.

¡Ay, amor cuánta bondad!
Si hasta un sol también me diste.
Un pequeño saltarín
para mi sueño tu elegiste.
Que cargaste su inocencia
nueve meses en tu barriga.
Y hoy a dos años de alumbrar
yo lloro y me río boca arriba,
al mirarlo en la sala corretear.

Y tú, riachuelo que esperaste
todo el tiempo pa' tus aguas
en la mejor playa descantar.
Hoy, presiento soy la arena
donde el Sol y esa Luna
siempre me harán su luz llegar.
Y te amo con locura,
con pasión y dignidad.
Y a Alex, a ti y a Luna,
les entrego yo mi amor
eterno, incondicional.
Es puro más que arenga,
gran prenda y pureza
de mi amor, amar y amar.

La Ninfa del Vestido Rojo

Mis manos se paseaban por la serpentina seda, maniobrando sobre el rojo vestido escarlata, que blando y grato le acariciaba su cintura. El tibio temporal de su sien izquierda, recostado por debajo y casi escondido, como silueta, entre mi cuello se acomodaba.

Sin perder un paso, al compás de la coreografía y el tono de la música, ella a ritmo lo levantaba. Y sus ojos buscando, buscando el infinito detrás de mis pupilas, yo sentía, me hipnotizaba. Mi fascinación era tan fuerte, que me daban el augurio de que algo más que un baile sucedería esa noche.

Mi pecho era un cascabel revoloteado y sin reproche. Los latidos, que ya eran signo del mercurio intenso, medían las infinitas vibraciones que infundían las altas y bajas tensiones de mis emociones al ritmo de la melodiosa música. El baile, con cada nota musical, nos liberaba de todo temor y desaparecían los miedos que nos inhibían.

Ella, tras cada vuelta y paso que alrededor de mi cuerpo daba, al retornar, con sus ojos fijos, era como aro de juguete que me marcaba y me ataba a su alma con seguridad de aldaba e inspiración de alegórica poesía. Para mis ojos era más que un pez de acuario, ensimismada del transeúnte que la miraba.

Aquella dama inolvidable que el corazón a cada latido sin preguntarme me robaba. Vestía; además, negros pendientes de perlas negras ancestral incrustados en rojas aureolas guarias, color carnal; también, una concha, que en su cuello tenía matiz de hoyo negro brillante con orillas carmesí, por donde parecía dejar ver los latidos de su corazón. Yo la miraba, desde la parte baja de su cuello, subiendo hacia sus ojos infinitos y como espejo veía en ellos, ya grabadas, de mis ojos mis pupilas.

Ella; también, a mí me perseguía con su mirada y ya con sentimiento visceral, embriagador fue una elocuente puesta de su mano errante, que al pasarla tibia y húmeda por mi cuello, me hizo poeta, y en partidos segundos sin proponérmelo fui Dante. Así empecé yo, ha escribir mi camino hacia el purgatorio. Entre mis dientes y para si, muy en mi adentro; sin embargo, evoqué a Virgilio. Pues, casi seguro yo estaba de que era ya un Augusto victorioso.

Aunque me dirigía hacia el camino enmarañado del infierno y entre la tenue luz, de moribunda Luna en cuarto menguante, ella me ofreció una sonrisa. La que entre sus bellos dientes, alumbrados por la luz púrpura, que subrepticia se infiltraba en su risa, creo, midió una vez más la intensidad con que su corazón me llevaba al laberinto del amor a primera vista.

La prematura, he ilusa seguridad de que ella se había enamorado de mí, comenzó a marcar el paso de mis movimientos. De repente, mi autoestima se engrandeció, me sentí confiado y quise preguntar su nombre. Pero antes de pronunciar palabras y mientras sus dedos se deslizaban, como agua para escaparse de mis manos, me dijo soy señal, rastro de espuma en agua, de velero en alta mar, huella que se borra bajo las blancas espumas en las playas arenosas donde los dulces sueños van a descansar.

No había caído en cuenta que la canción había terminado. Que en medio de la multitud ya solos habíamos quedados ella y yo. Entonces, no me dijo adiós, solo escondió su mirada y se marchó. No la vi más. Se había esfumado esta bailarina y ya no estaba ni en el baile, ni detrás de las cortinas.

Caminé unos pasos, torné mis ojos en ambas direcciones; entonces, me di cuenta de que se marchaba circunspecta por la salida lateral que daba directamente a la puerta central del palacio consistorial. Aquel bello y simple edificio, que quedaba justo al frente del club donde bailábamos. Se había llevado mi llave y ya solo la vi caminando en la distancia, al otro lado de la calle.

Su rojo vestido, como manta, ahora revoloteado por la suave brisa de la noche tibia, confundiese entre las luces que escapaban desde el consistorio y hacia el pequeño jardín de escrotos rosados y sangres de cristus. Extendí mi mirada y más luego la vi que pasaba por debajo de las campanas, que multicolores colgaban con sus fragancias de bebé recién nacido y casi le acariciaban su cara.

Al doblar la esquina tras la que, por última vez, dejó ver su silueta ya casi enlutada. Me sentí frágil y busqué la mirada bondadosa de otra persona que hablara conmigo. Alguien que me oyera y con quien pudiera desahogar el indigente nudo. Aquel que me estrangulaba el grito de querer decirle a esa sirena, que volviera. Sí, aquel desahuciado y maldito grito de bilis negra, el de atrabilis, aquel que no pude maullar ni con la ayuda de un trago de ginebra.

Miré de nuevo y ya no estaba. Entonces me compuse, busqué una silla. La única disponible, estaba contigua al pasa-tragos. Me dirigí hacia ese lugar, me senté y era esa la última silla. Por desgracia, desde ella se podía mirar toda la muchedumbre del repleto bar y yo en mí confusión, no quería que los ojos de tanta gente, tachonados de coloridas luces, hacia mí se tornaran.

La suerte me acompañó y entonces una camarera se me acercó y a mi oído murmuró, que esa silla debía de permanecer vacía y no me dio explicación. Me puse de pie y no sentí más el nudo en mi garganta. Pedí un vaso de vino tinto. El bar-tender me atendió, como si fuera yo un paciente conocido de hospital. Me apresté a pagar, saqué mi billetera y entonces él, con ojos de perro huérfano, como buscando un dueño, anonadado me dijo: "Va por la casa".

Yo le devolví con una mirada de agradecimiento, dejándole un billete de 100.00 sobre él mostrador y dándole las gracias. Entonces, busqué un rincón lejos del bullicio, ahí donde estando solo, yo sintiera que mi mente, con mi alma se reconciliara.

Pero fue esa copa de vino, la que sin pagarla ya era mía y de la cual, bebiendo a sorbos, de a poco, me relajó los nervios. Y a pesar de que al rato, la tempestad ya había pasado, aún yo no sabía, cómo conciliar la devastadora urgencia que me había causado aquel encuentro esporádico y efímero, que en tan solo tres minutos de una larga noche, sucedió.

03/23/2013
Dedicado a los que han amado dos veces con el mismo fervor.

Extraviado y Tonto Surrealismo Onírico

I

¡No estoy muerto!
¡No, estoy muerto!
¿Es que aún duermo o que sueño?
¿Será que la imaginación,
mientras yo estoy dormido, me despierta?
Y paso sobre un lago donde, abiertas,
habían, separadas, dos novelas.
Eran raras y sus páginas empaquetadas,
transparentes, con letras entre sus pequeñas alas.
Parecía que dos libélulas volaban y volaban
buscando donde compartir sus fantasías.
Una quería que la amaran,
la otra, se moría de alegría.
Y un charamico ellas buscaban
donde anclar sus fantasías.

II

He aquí uno de los poemas que yacían perdidos.
Quizás debí dejarlo olvidado como una estela de polvo,
quién sabe de qué camino, esfumado,
en el fario grafito del lápiz desgastado
con el que, inspirado, un día lo escribí.
Pero lo encontré cubierto por la Hojarasca
de casi más de un lustro y abrigado entre las hojas
Del Otoño Del Patriarca.
Lo escribí 31 años antes de conocer a Anna
y en esta página, que tenía poca actividad,

aquí yo se los dejo, es de mi alma.
Lo saqué y aún tímido de mis dedos,
se desempolva, para llenar el espacio,
aún trémulo de júbilo, como un niño entre sus miedos.
Él sin emociones en la espera,
de un suceso bendito, inédito, salvaje,
silvestre, que nos distraiga, para no asustar
cuando huyendo del ultraje de la oscuridad, el surgiera.
Aunque casi muerto, en su cartapacio,
nunca debí de esperar del cielo caiga,
para otros, el deseo de verle flotar
en astas de sus almas como bandera.
¡No estoy muerto!
¡Dijo en su primer verso, y mostró señales de vida!
También, dijo ¡Estoy vivo!
Luego afirmó intuyendo
¡Lo presiento!
Me lo dijo susurrando a mi oído.
¿Pero.., qué sería de mí, sí me quedo solo
y me separo de tu grito, de tu grito de lamentos?
¡De tu grito de atrabilis!
¿Y el Poema?
¿El empolvado?
¡El del sueño, el onírico!

III

Ese que a los 23 quisiste gritar de júbilo
regocijado, lleno de alborozo y que el desconsuelo
te lo ahogó en un quebranto.
¡Aquel grito de cien lamentos y mil llantos!
Sí, ese que dejaste entre las gastadas páginas
de las pocas que le quedaban al libro de notas.
El que casi terminó ahogado y teñido de bilis negra.
Aquel, que solías guardar un tanto almidonado,
para que las manchas no les borren sus letras.
Y que un día usaste de él un par de páginas

para limpiar tus enlodadas y humedecidas botas.
¡No era bilis, era lustre mugriento de zapatos!
Sí, no le dejaste alternativas, lo fuiste despedazando,
tomabas el papel y sin escrúpulos, para cualquier cosa,
sin importancia lo usaba.
Decías, que usarlo era sublime y conveniente
porque así el poema se borraba.
Y había; entonces, una razón lógica para borrarlo.
Era como si enseñar quisiera, a mis botas a leer y creer.
Que ellas absorbían, asimilaban lo que el borrón
del poema, como si fuera a un ser viviente, les expresaba.
Pero había algo que me decepcionaba y era que
el tinte oscuro de la mugre no me hablaba.
Y lo fui olvidando, olvidando, olvidando…
Hasta que un día, finalmente, lo quité de mi vista.
Y luego lo enterré entre dos novelas de un mismo autor.
Pero me sorprendo, que aquí está bautizado
contra la ominosa desfachatez del tiempo.
¡Ha, ha, ha… como surrealismo onírico!

VI

No debiste despertarlo nunca.
¿Fue porque te alzaste y supiste cómo es esto?
¿De dónde lo aprendiste compañero?
¡Oh! ¡Tú qué morías solo, rival sin miedo!
¿Cómo resucitaste desde las dos novelas?
¡Pues, para subir al cielo, no pediste escalera!
Ahora me doy cuenta, que sí desde tu posición,
con mi alma clavada, hacia el infinito miro
y observo la noche en algún cristal, como reflejada.
Y descubro un momento de luna eclipsada,
es que aún es de noche y algo espera en la alborada.
¡También, yo gravitaría en lo onírico!
Yo cerraré mis ojos y volveré a imaginar que sueño
y que tú, aún estás en mi corazón. Ahí, con tus manchas
de tinta de bilis negra desparramada.
Haberte sacado aquí, ponerte a mi lado,

aunque sea, para que yo mire tu silueta,
sería como sembrar el seco prado
y llenarlo de flores, cual naciente primavera.
Entonces, si tu fuego me toca y las llamas
me queman y rehacen mi emoción,
una oferta de amor me creeré tengo sobre mi mesa.
Sobre la madera lisa, donde el aire no revienta
el globo de mi ilusión.
Y allá, donde no toca la brisa, ahí me creeré que todo existe.
¡Hasta tú, vieja expresión! ¡Tú, poema triste empolvado!
Sobre el papel que no se ve, sobre los aromas que no sé,
en la luz oscura cuando no esté.
En las bisagras con sus lánguidos sonidos
de colores con grafitis, abigarrados, corroídos.
Y en esas puertas, que se abrieron, y esas otras,
que cerradas, se quedaron ya oxidadas.
Carcomidas por insectos coleópteros,
esos que no movieron más sus élitros
y sus alas quedaron ya olvidadas.

V

Yo pondré el papel una y otra vez, para que tú sientas,
como desde mi alma brota, tal vez,
esa gota de amor que aún me hiere despiadada
desde que en tus aguas me mojé.
Que entre los dedos, como un pez,
se me desliza tu sentir,
y sin sentirte yo te siento inadvertida,
extraviada, como alas de mariposas
cosquilleándome el alma enternecida.
Y al abril la puerta, sí aún me sientes,
quizás, yo te encuentres leyendo este poema.
Más bien, en tu mundo cantando bocacusa, entretenida.
Este poema que, como sorpresa ilusa, casi olvidado,
ahora quise detener frente a tus labios
y como un beso, quise poner sobre tu boca.
Y si la impresión se grava, calmada en tu alma;

entonces, podré ver el destino de ser del poeta, tú la musa.
Se levantarán los corchos de los vinos,
saldrá la magia a recibir la estela ilusa,
imaginaria, como corchete que van dejando
en su vuelo las rápidas golondrinas.
Del chocolate el sabor que despierta la melancolía
y de los licores, tu sabrás aquí alma mía
que fue en este poema, a lápiz y con borrosa escritura
donde se frisaron las ansias por probar los mil sabores.
Que tanto tiempo había pasado, que me olvidé
de que yo me había olvidado de esta lánguida misiva.
El poema errante, onírico extraviado.
Este que yo, estando solo, solo; también, pensé
que, no lo había escrito yo o me lo habían regalado.
Que lo compuso algún escriba
desdichado, amanuense ya sin vida.
Pero estas letras al redescubrirla,
al desempolvarla me revivirán el amor.

VI

Me devolverán el tajo, que por despecho, me llevó tu vida.
Y ese que era mi sentir, el amor, mi dolor, el parecer.
Aquello que hasta aquí, quedó al descubierto
y tú ya viste en el pasado, antes de este ahora,
y en el paso de los años, desvanecer.
Ahora lo verás en sentido opuesto, ascender.
Por eso si aún lo piensas, y te resulta loco y cruel
la idea de que este amor no tiene hospitales.
¿por qué no me lo dijiste antes?
¿Por qué no lo dijiste ayer?
Tú lo debías de saber.
Solo tu pecho y unas palabras me hubiesen bastado.
Pero si te decides por lo que falta,
ya sabré que no es temprano, para estar en la calle
y te invito al espacio y al tiempo de mi corazón,
para juntos conquistar la infinita noche.
Si por cada hora que agotas, te sientes que caes

y no te chocas con el fondo del deseo;
entrega tus sentimientos, es la hora.
No hay sueños más bellos que aquellos,
esos que despiertan acompañados en la alborada
y revientan en un rayo de luz en la aurora.
¡Descarga todas las mieles que hay en ti!
¡Oh expresión muda de palabras!
¡Sacia tu sed y transfórmate en mujer amada!
Permites que salten las flores desde tus pechos
y busquen los besos como cerezos,
flotando maduros en río de mieles,
desde estas orillas cubiertas por mis helechos.
Mi corazón se sanará de las mil penas
y arderán, como montón d quemadas leñas.
Entre las cenizas sobrevivirán semillas,
que, al humedecerse, crearán más vidas.

VII

Y el fervor, ese que tú amor habrás dejado,
nunca apagado, tampoco olvidado,
como lava brava, recóndita entre nosotros arderá.
Y allá, donde descansemos,
sobre el blanco cal de nuestros huesos,
este poema escrito en piedras dejemos.
Para siempre una marca de carbón,
una mancha pura para la posteridad.
una huella de nuestra existencia
Que del corazón sé, aquí se quedará.
Y volverá este poema ha acurrucarse
entre un malogrado o bien cuidado espacio
en medio de otras, quién sabe cuáles, dos novelas
o en tibias y oscuras páginas de un cartapacio.
Mas, en el singular fundamento, alagado de una fantasía,
ahí donde los charamicos doblan sus espigas,
volverán a encontrarse las ingenuas libélulas,
para esparcir y conjugar sus alegrías.

12/25/2017

Les dedicó este poema
al ávido de optimismo
y a todos los que "afanosos
de perfección y rebelde a la
mediocridad" quieren encumbrar
su vida más allá del sueño
que lo mueve y de la estrella
que lo espera.

.

Lo Que Quise Decirte Ayer

Hoy yo vi un pétalo blanco,
caía desde el espacio infinito.
Una lágrima que no fue llanto
sí, ilusión de un corazón invicto.

Hoy te quería decir:
Da, aunque te usen
ama, aunque te abusen,
confía hasta la porfía
y escucha a tu corazón.
Sin la resistencia de la impaciencia
y desesperanza de la razón.

Desmorona el mal que anida
en los declives y en las cornisas
y ahí no espere ya a la venida
de un dios que solo da risas.

Tú no eres un hijo del mal
sí, tu solo generas el bien.
Mira girasoles en tu andar
y no te entregues al desdén.

Así, la rebeldía de tu espíritu
no la exprese con desaliño.
Mejor, llévala al pensar lírico
desde tu corazón de niño.

Enséñale tu razón al manso genio
tuyo, sin mitos ni desventuras.
Si das a alguien un rojo geranio
ofrécelo con libertad de aventuras.

Y si tú has de mojarlo, de amor
dos veces por semana, en verano.
Has lo con arte, con esplendor
desde tu sacra e inmaculada mano.

Y si enladrillado por la ilusión
del colorido de hojas de otoño,
evocan en ti dulce inspiración,
abrígate, como las hojas al retoño.

Cuida de ti en las horas de frío duro.
Durante las tristes horas de invierno,
pon la esperanza más allá del muro,
que empujas tu adentro sempiterno.

Y si los hielos te frisan las emociones,
miras inerte el crepúsculo o la aurora.
Permite el paso entre las estaciones
de una primavera que aún no demora.

Si tu espíritu gesta una idea más idealista,
que la pura perfección de lo perfecto,
abrázate a la legitimidad de un altruista
y asume tu sueño aún si no es correcto.

Aunque, le angustie a los trastocados,
vive al día, como ave a la primavera.
Sintiéndola prendada entre tus dedos
y valora el penacho que no es quimera.

Para tu alivio, al caer el brillante sortilegio,
después de soñar el sueño, el que no era.
Aléjate, más bien borra el efímero sacrilegio
y vuelve soñando tu sueño, como lo quieras.

El cuadro de las preocupaciones de mi madre. El sentir auténtico de un alma y corazón que solo decía lo que era y lo que hacía. El ejemplo vivo de la ética promotora del bien en su más extensa expresión. Siempre quiso escribir esto, como cartas, pero dedicada a sus ochos hijos, nunca encontró el tiempo, para hacerlo.

Epístolas que no se escribieron

Cosas de las tantas que recuerdo, me decía nuestra madre desde niño. Se precavido y mantén tu alma como piel de armiño. Comienza desde cero, decía, aunque lo tengas todo. Así, conocerás el que maldecía y hasta aquel que vivió en el lodo.
Conocerás al rico por fuera y por dentro conocerás al pobre. Cuidarás la fortuna ligera y al oro, sabiendo que es oro por ser cauto y sin desestimar su uso, sabrás cuando llamarle boro.

I
Hijo siempre, siempre ten presente esto y nunca lo olvides.
Recuerda pensar antes de hablar. Que todo lo que vayas a decir, antes de decirlo a otro, dítelo a ti mismo. Que la mejor forma de enseñar es practicar en ti mismo lo que profesas.

II
Se honesto, pero no pierdas tu virtuosidad, ni tu capacidad de pensar y aspiraciones. Analízate cuando te entristezcas ya que, a veces, la tristeza es sinónimo de pereza. Has las cosas mil veces antes que rezar, pero no dejes que tu cansancio convierta el rezar en un a veces.

III
Una vida llena de moralidad no puede ser sinónimo de pasividad.
Se activo y moralmente has lo correcto.
¡Aspira, aspira, aspira!

IV

¡Sueña hijo, sueña! Qué, aunque a veces los sueños desvelan, sabrás, que más vale el cansancio de un sueño no vivido, que vivir cien vidas sin un sueño.

Mantén tus pasiones, porque sin ellas, les abrirás un hoyo a tú alma por donde entrará, el primitivismo, el salvajismo y la vulgaridad.

¡Evita la mediocridad!

V

Aléjate de los vicios y prejuicios. Ellos son el fango y lodo donde se apaga la llama sagrada que arde mientras afanoso vives en el vehemente anhelo de lograr la perfección de lo que tú persigues como ideal.

Como te veas, como pienses sobre ti, y toda la idea y concepto que de ti tengas es lo que debe importar, no lo que otros piensen y digan de ti.

"Quién vive en armonía con sigo mismo,
vive en armonía con el universo."

VI

Ilumina tu mañana con un ideal y tus mañanas con una verdad.

Como si te perfumaras con el mejor fragancia, así mismo, lee todas las mañanas, aunque sea un verso corto de un buen poeta.

Pues la poesía es como la fragancia del alma. El agua pura que limpiará tu mente de las inmundicias que oyes por la calle y que de espacio, poquito a poquito, envenenan tu alma, espíritu, tu mente. Qué, con el tiempo, desgarran tu alma, tu corazón y vida. Pues nuestras vidas no solo son lo que nuestros pensamientos crean, sino aquello que aún procesado y mil veces repetido, tratamos de asimilar para ser mejores.

VII

No mientas, que aunque una mentira se olvida, somos seres que creamos hábitos. Dos mentirás son el camino hacia el desorden de la personalidad y si una tercera ya, nadie te creerá. Se que me dijiste, que los poetas casi nunca dicen la verdad, pero no confundas la mentira con la creatividad. Se que la línea que diferencia a las dos es, a veces, muy fina. Aprenderás que la mentira sale de la lengua y la poesía es una expresión sublima del alma. Que nos enaltece, nos calienta y nos enfría. Como pompas en un charco de espumas que nos penetran por los poros, para enriquecer los interiores recónditos, allá donde yace la pureza que nos hace mejores seres humanos.

VIII

Esfuérzate y paga tus deudas a tiempo. Pero si puedes, mejor has un esfuerzo, para no hacerlas. Recuerda que, detrás de cada deuda hay un interés y no es particularmente el tuyo. Pues hace falta muy poco, para tener una vida feliz.

Aprende a vivir con lo poco que es tuyo y te convertirás en el rey de tu universo. Para esto teje tu sábana y arrópate hasta donde ella a ti te baste; sin embargo, cuando la vea al alcance ya de tus hombros, no te acomodes mucho, sigue tejiéndole, hasta que un día encuentres tranquilidad en el alma. Mas nunca, nunca aceptes el derroche.

IX

Gánale a la vida el tiempo, para tu uso, no para los problemas y las demás cosas y personas que se afanan en quitártelo. Date el privilegio de emplearlo en cosas útiles, para tu provecho y el provecho de los demás. Porque tú, hijo mío, no estás solo y lo que hagas, sí es bueno y lo haces bien, repercutirá y sin proponértelo, estarás haciéndolo; también, para ti mismo y tu futura prole.

X

Cuídate de las malas compañías y elige tus amigos con confidencial astucia, y cautela. Nunca, nunca pierdas la atención de los innumerables signos que revelan la condición legítima de aquello que diferencia lo extraordinario y de lo ordinario, lo sano, de lo pernicioso y las buenas de las malas intenciones. Como también, lo profundo de lo superficial, lo sublime de lo feo, ridículo y extravagante de cada uno de los cuales, eliges como amigos. Sin embargo, ten siempre, siempre muy presente, que nadie es perfecto y que la búsqueda de la perfección entre los amigos solo se logra a través de la comprensión, el compromiso y el amor.

IX

Que como decía Benito Juárez, "El respeto al derecho ajeno es La Paz." Pero más que eso, "La Paz solo se mantiene con la constante vigilancia." Decía un rótulo que leí en un desfile que fui en el año 1952. Pero después de asumir lo ante dicho, apréndete el siguiente verso, lo aprendí de uno de mis hijos a los 83 años:
"Da, aunque te usen y
ama, aunque te abusen.
Confía hasta la porfía
y escucha a tu corazón
sin la resistencia de la impaciencia
y desesperanza de la razón."

XII

Ayer cuando compartiste tus ideas y opiniones, con el vecino de la esquina, lo que sé, te costó mucho madurar, él las tomó muy en serio. Pues fue donde el teniente y dijo, que tú le estaba lavando el cerebro con muchísimas cosas que él no entendió. Que, lo más seguro, eran peligrosas, porque él no las había oído en ninguna parte y tampoco las comprendió.
Supe que el teniente le dijo al cura y el cura que, gracias a que era amigo del señor Eurípides, tu mejor profesor, me habló de lo que el vecino Martín estaba vociferando de ti, a tu espalda y por eso, te hago este comentario: Hijo no a todo el mundo les puede comentar tus verdades, opiniones y experiencias de la vida. Dentro de cada opinión expresada, y no importando lo estrecha que esta sea, se encierra una verdad, que he menester pensar, enriquecer y analizar antes de comentarla o comunicarla a otras personas. Que no todos, a quiénes tú les comenta, están en

disposición de hacer el esfuerzo requerido, para pensar y comprenderla.

A veces, tampoco se tiene el vigor necesario para enriquecer esa idea o comentario de la manera que es menester; menos aún, repetirlo tal y como lo dijiste. Más bien, de lo que dices, toman su interpretación y aunque la mayor parte de las veces es errada, la dan como válida y así la difunden. Y en el delirio de querer ser reconocido o remunerado, alteran hasta su alma, añadiéndole epítetos a tu nombre que llenan de manchas leprosas con sus mentiras.

XIV

Controla tus sentimientos de indignación, pues el enojo está a la vuelta de convertirse en ira, furia, violencia o venganza. Recuerda que estos cuatros males de la personalidad corroen; incluso, hasta las paredes que te protegen contra el oxígeno que tu respiras y que te da la vida. El estrés mata. Del mismo modo, estos son "ácidos y hacen más daño al recipiente en que se almacenan, que en cualquier cosa sobre lo que se vierta."

La soberbia, por otro lado, es como un metal, que cuando lo enciendes, en la medida que recibe calor, sino lo enfrías, al igual, que el recipiente que lo contiene, termina; también, por derretirse y quemando a todos los que alrededor de él se encuentren.

No dejes que el exceso de altivez, satisfacción y envanecimiento ante tus amigos, dañen las buenas virtudes, que es por la que ellos reconocen tu humildad.

XV

Dicen que hay una fuerza extraordinariamente grande que rige el universo y todo lo que existe. El sistema solar, la luna, la tierra, sus mares con todas sus aguas; también, los animales y todo su mundo junto a las plantas y nosotros los seres humanos. Esa fuerza ha sido ampliamente mencionada por santos, genios, humanistas, etc. Es innata en el alma de los niños y ciertos seres humanos que viven en armonía con la naturaleza y su entorno.

Esa gran fuerza tiende a perderse en las ciudades, se rompe en los negocios, se suprime en los juzgados, se vicia en los bares y merma en el alma de los hombres que se desempeñan en esos contornos. Si no hacen, de forma disciplinada, prácticas físicas y espirituales que los ayuden, mientras adoptan alguna creencia o subjetividad y que constantemente le supla la parte espiritual que, en esos lugares se va perdiendo, nunca lo vuelven a recobrar.

La ciencia con sus genios, a cada día invierte buscando una razón para tratar de explicarlo y encontrar consenso con esas cosas que son inherentes de cada descubrimiento, pero que no se termina de saber a cabalidad, que lo impulsa, lo ha impulsado y le ha dado vida.

Las religiones en el curso de la historia de esta humanidad y desde que lo desconocido se nombró como "Abyss," también, han tenido una búsqueda sin igual entre esa fuerza eterna y la razón, no solo por todos los contornos de la tierra y sus inexplicables enigmas y profundidades, sino más allá de la naturaleza y el universo. Pero sobre todo en la nombrada alma de nosotros los seres humanos.

Esa inmensa fuerza magnética que de seguro ha de tener polos positivos y negativos, creo, ha sido renegada, y olvidada por muchos hombres grandes y genios; exceptuando ciertos héroes y santos, esos que han dado a la humanidad, a través de la historia, en una gran parte, el más absoluto amor hacia al ser humano sin pedir nada a cambio. Pero es esa fuerza eterna de lo que abiertamente, entre ellos todos, se habla poco.

En sus epistolarios; sin embargo, como murmullos de voces que en la vereda de la verdad se anidan, no dejan de mencionarse. Hijo, esa fuerza, al parecer, es como los imanes, como la tierra, y como todo lo que en el universo existe. Por esa fuerza todo tiene dos polos, uno que atrae y otro que rechaza. Con ella atraemos la luz y las tinieblas, la inspiración, la inhibición, la germinación de las virtudes, las semillas, y el espíritu limpio de las almas de los poetas.

El amor que me hizo a mí y el que te hizo a ti. También, el que hizo a todas las familias, tribus, pueblos, ciudades, en las que nos agrupamos, para sobrevivir. Sí, ese máximo sentimiento que nos da valor para no ahogarnos en el temor. También, la vida, como la muerte, por ser expresiones máximas de amor, antes de que le llamáramos dios y mucho antes de que la biblia y sus palabras se escribieran, como la primera majestuosidad de imprenta.

La vida pierde el sentido cuando dejamos de expresarlo, de buscarlo, de manifestarlo en cada uno de nuestros actos. Es la gravedad que rige el universo, la energía que nos atrae y nos mantiene en equilibrio; con sus dos polos, positivo y negativo; con sus dos caras, luz y oscuridad. Es la fuerza infinita, multidimensional que, a mi parecer, creó el sol y también lo destruirá. No para hacernos desaparecer, sino como revolución para hacernos más grandes y menos propenso a los elementos que nos corroen tanto desde afuera como por dentro y que, a veces, nos desvinculan de lo que llamamos alma.

Hijo cuando se descubra como maniobrar el otro polo del amor; entonces, seremos verdaderos másteres de las leyes del universo.

Los caminos, que de bosques despueblan la tierra, las anchas y negras cintas de asfalto que cubren las carreteras, las calles con sus nubladas cicatrices de pachos, que se calcan desde lo alto, cuando volamos con la razón, lejos de los alagados charcos de amor, desaparecerán y en vez, en nuestros coches y electricletas gravitaremos sobre las copas de los árboles, sobre los azules mares y en el corazón de aquellos que nunca interpusieron el amor por encima de la naturaleza nefasta del consumo ciego y sin control o se abandonaron a la lujuria del deseo.

Mi hijo ama, ama y no te detengas en la búsqueda del amor. Busca hasta encontrar las leyes y las fuerzas que rigen el lado opuesto a lo que del amor te atrae. Esa parte; también, es buena y necesaria. Cuando la obtengamos y con ella nos educamos, lograremos gravitar con la razón, he inverosímil nos será pensar que, hasta ese punto de nuestro desarrollo, verdaderamente no comprendíamos, que el amor está en todo y en todas partes.

XVI

Nunca enumeres nada, abstracto o material
con el número que hay
entre las expresiones doce y catorce.
Y sino, preguntas, ¿Por qué? Eso serías lo ideal.

A mi madre santa y a todas aquellas, que
alguna vez, han tenido el percance de vivir la ausencia
de un hijo de sus entrañas.
Porque no estoy con ella, le dedico desde aquí
y desde esta silla, estos diez cuartetos.
Pintados entre la sombra de la melancolía.
Que no es ni vana, ni sosegada ya qué,
aunque desde lejos, he encontrado gran alegría
al dedicárselo a ella en este su cumpleaños.

Cuando Me Tocaste Por Primera Vez

Cuando me tocaste por primera vez
fuera de tu vientre, en primer suspiro,
por tu amor, yo respiré y aún suspiraré,
siempre madre, aunque lejos de tu nido.

Aunque de mí hoy estés lejos.
Yo, hoy en tu día, como a musa divina,
evocaré momentos viejos añejos,
no habrá distancia, ni borde, ni esquina.

Entre tú espíritu y mi alma,
yo haré un perfecto y directo camino.
Será un bello sendero de palma
revestido de paz en piel de armiño.

Recordaré el pasado como decías,
enarbolaré del presente, el arsenal
de cosas buenas, que en estos días,
atizaste para nunca el alma dilapidar.

En la remembranza del deber de hijo,
yo celebraré este como tu santo día.
Estos versos de paz, para ti yo elijo
así traerle a tu corazón más alegría.

Y te digo como un día filosofaste.
Me diste consejos de amor, de madre,
fuiste la luz, la estrella que afanaste
lo dijiste noche, día, madrugada y tarde.

Si pudiéramos pensar con el corazón
y amar con nuestra cabeza,
les diéramos al celebro la razón
y viviríamos con más entereza.

Más íntegros quizás seriamos.
Menos insípidos en expresarnos.
Más lejos y tanto así llegaríamos.
En los propósitos de ser hermanos.

Y esos dos consejos, como ejemplo:
Hoy solo, para que sepan yo los repito:
El de esa mujer que por su gracia
y bien vivir, aún está creando un hito.

Démosle un beso y un abrazo,
a esta santa que aún nos inspira
y celebremos con ella su agasajo,
sí, a ella, mi madre corazón de lira.

03/17/2017

02/27/2020
A Mi Madre
Margarita Gertrúdiz Taveras López
En El Último Día de Su Vida

Oración Para
Abigarrados Sentimientos

Yo hoy suspiro, para que tú alma
siempre, en nosotros se mantenga
pura como el agua pura.
Pura como el agua clara, pura,
como la que no está contaminada.
Y no me angustio y tranquilizo
porque de ti aprendí que la vida cambia,
fluye. Y aquel cordón que entre ella
se teje, se borda y se amarra dentro,
muy dentro y de apoco
en su propia pureza, se diluye.
Y se enfría, y se calienta, y es lava;
por encima de la tierra,
y el enclave de dentro, insinué
qué en movimiento es lava brava.
Qué sorprende a cualquiera
y hasta el perro cabizbajo
que tranquilo en la vereda caminaba.
¡Oh madre! ahora, también,
Tu te transformas en un mar lleno
de tranquilidad, como mesa enorme
de vidrio transparente.
Ese inmenso mueble grande
donde todos han querido, ahí,
ir a comer, o sentarse a charlar,
o solo a meditar y remejer su alma
como estilan los cansados en ciudades
perimidas detrás de una taza

de aromático un café.
Y el corazón que se marchita
me parece que está muerto
o dormido, sin latido. ¿Qué será?
¿Porqué tanto, tanto es su paz?
¿Porqué se siente, como si la música
del pecho fuera un bombo que marca
solo un tono de un sonido,
un latido diluido?
Un fonema, una sola sílaba
un caballo surrealista
donde solo está su lomo.
Y sin patas, y sin trotes
que a mi oído relinchaba.
Solo sístole y sístole y ..?
Tun.., tun.., …tun y no le oigo.
El diástole, el diástole se esconde
o se apaga, he inminente, se dilata.
Se ha escapado y solo anda.
Ya se ha ido, se marcha, va camino
hacia el infinito incierto.
No se oye, ha bajado de volumen
o ya se ha perdido o cruzó
el vasto sentimiento.
¡Oh espacio! ¡Oh, Luz!
Arco perpiaño de nueve decenios
entre las invisibles capas
de un nimbo transparente
que rodeó de vida la cálida ilusión
y las aguas de tu paz que remojaron
las vidrieras coloridas de tu suerte.
Que, de tiempo en tiempo,
fueron llamas que ardieron de pasión.
Y revoloteaban entre colores
de guirnaldas los crepúsculos
de Luna llena y almidón.
Y que permitió un último rayo solar,

más allá de esa inmensa lágrima
que se me escurre en tú mirar.
Saber de tu candor, suspirando,
viéndote anclada por los siglos
de los siglos humana y delicada.
Pura mujer, pura y después,
después, multiplicada.
En tu esencia amplificada.
En tú silla regocijada.
Y en las ondas de tu herencia,
que ya lejos, como lava,
como agua que se esparce,
como notas de tu pecho
en movimiento no andaba.
Y tú sístole y diástole es tan solo
de silencio, un murmullo
entre un bosque de frutales
que se alza entre las alas
de tormentas medievales.
Esperando que te lleven
Querubines y Serafines
hacia al cielo, entre la paz
y más allá de los confines
a brillar donde siempre vivirás
por los siglos de los siglos
en tu estrella, llena de tu gracia,
amén.

03/08/2016
En el Día Internacional de la Mujer

Hoy día de grandes seres,
es gran día para celebrar.
Hoy día de muchas mujeres
de una linda canción entonar.
A las que vistieron de gloria
matinal de batalla y sudor,
de agua que sube a la noria
y del verso de un trovador.
Días para empinar a los hijos
subirlo a la iglesia mayor.
Dejando en el polvo canijos
las penas y hasta el dolor.
Mujeres muy santas, mujeres
y de fuego hasta sus caderas.
Mujeres de mil menesteres
esposas, hijas, novias, solteras.
Esas que alumbran como un sol
al bien ritual, que al vástago hijo,
a él, entregan con gran amor.
El café con leche, del pan el mijo
y el sortilegio de un labrador.
Y a la dueña, madre, o hermana,
aquella, que a la casa trae alforja,
un día cualquiera de semana,
aunque le cueste una lisonja.
Y a las que en vez de esclavas
quisieron su corazón en heroísmo lavar.
Redimiendo sus vidas, inmolándose,
entregándose al duelo de las batallas
o zarpando a la gloria del mar.
Rendidas, obedientes, triscadas,
marcadas a golpes y de trabajar.
Quiero darle mi fe, mi paz, mi voto
mi amor y mi entendimiento.

Y más.., paz, luz, agua y sarmiento.
Soy para ellas más que fundillos,
botón de camisa, cremallera, roto;
en fin, religioso de ellas, dedillos
soy, paz, luz, agua y todo sin orden,
soy luto, lágrima, abigarramiento.
En fin, para ellas quiero ser amor.

05/30/2017
En conmemoración del Día de las Madres

¡Madre, Tú Siempre Estarás Conmigo!

La madre, la que lo da todo por ti.
La que te haces objeto de sus sueños
anhelos, esperanza, he ilusión.
La madre, la que por ti piensa.
La que por ti sufre.
La que te saca del lodo
y cose o te borda el ruedo
cuando está desecho
en tu pantalón.
La que abnegada y curiosa
te pone siempre en el tope
de sus planes y su conversación.
La madre, la que te enseña.
Qué mentir es malo,
qué robar también,
qué adulterio es caro
y la deshonestidad un desdén.
Qué quita las diferencias
para estar en paz,
para estar tranquilos
y escabullirse en la inocencia.
La madre, la que te enseña algo nuevo,
cada día que pasa, aunque vallas sentado
agarrando una taza en el vagón de un tren.
La que limpia y organiza
y las finanzas, aunque pocas,
con maestría maximiza.
La madre la que no se queja.
Para la que no hay horas
ni lamentos
y que antes de acostarte,
contigo lee o reza

un humilde sacramento.
La madre, esa la que no pregunta.
Ni pone condiciones, ni alternativas
para hacerte el bien.
Qué te endulza tibio el té
y el café con leche.
Y si aún eres niño,
te lo sirve con azúcar, mucha leche
espumosa o al revés, la misma
leche con café.
La madre la que risueña y feliz
en tus logros tácita ella yace.
Qué te lleva al patio,
qué te lleva al parque.
Y se posta a tu lado,
para tierna despertarte.
Ella cómo pajarito encantado,
cuál canto bello para consolarte.
La que anuncia un día más.
Qué te viste, que te plancha,
qué te lava la ropa y te corrige
la tarea con amor,
infinito solo amor
de granero en avalancha.
Más es madre porque no te miente.
Por qué en sus planes y palabras
y en sus bromas es honesta.
Y por qué siempre está dispuesta
ha que heredes tú el mundo.
Madre, la que siempre siembra.
La que siempre está dispuesta.
Y hace que tu éxito sea rotundo.
Para ti y tiene más que una respuesta.
Cándida ella es, y en el marco de las virtudes,
ella pone lejos de ti a las injurias.

Y el ultraje, junto a sus penurias,
y las irritaciones causadas,
quizás por tus fantasías,
quizá ya por una ira.
De ellas te enseña que no es linaje,
qué nos es parte del viaje,
qué hacemos por este mundo,
qué hacemos por esta vida.
La madre la que nos enseña,
ante nuestros ojos, a ser apreciados
por nosotros mismos.
A no caernos en la ladera y
que, nos enseña a levantar los pies
y no tropezar cuando hay una piedra.
A pensar, y a valorar.
Qué, por ella somos seres
más cerca de lo divino.,
Que, por ella estamos
llenos de ánimo
llenos de sabiduría.
Que soy un ser, por ella,
magnánimo y que, aun en la fantasía,
es bella su modestia, y fidelidad.
Que siempre viviré en su poesía.
En plena virtud y afinidad
con la nostalgia de su alegría.
Madre tú, madre por siempre,
Madre que siente, aquí está tú hijo.
Abrigando el capricho
de siempre yo tenerte.

Septiembre 11, 2015 at 7:18 PM

Imperativo I
Abstracta Para Siempre

¿Sabes por qué te digo
que tu dorado pelo,
como cinta escarpada, es bello?
Porque contrasta con tus ojos de sol.
Ellos son el espejo
por donde se refleja tu inocencia.
Por donde quisiera escurrirme hacia
el lado lateral izquierdo de tu corazón.
Al rincón del alma,
allá donde no llega la razón.
Ellos son la ventana
por donde entra la divina presencia.
Donde encuentro paz
y el intrínseco motivo
del mortal que da.
Esa mirada de asertivo
mientras expresa,
no querer,
vivir en el olvido.
¿Sabes por qué te miro con ojos ajenos
de perro lánguido mordiéndose la ilusión?
Porque la cinta escarpada
de tu dorado pelo,
y que da a tu corazón,
la veo en mis mañanas,
al final de mis sueños.
Y camino hacia ella
como si fueras tú él orto,
donde aparece la luz,
que alargara mi día corto.
¿Por qué te busco?

Porque aún dormida
te encuentro dentro
de mi inocencia, perdida.
Te busco, como si a lo lejos fueras del horizonte,
una marca escondida en el punto
de la perspectiva.
Y vuelvo, y te veo sola,
hacia ti camino.
Te vislumbro y te escapa
por el punto de fuga
de la composición
que se forma
entre tú y la aurora.
¿Por qué te rebusco y no te encuentro?
Porque te quiero tocar.
Y encuentro que estás dentro,
como si no lo parecieras estar.
Y mis dedos se resbalan
hacia a ti y no te puedo alcanzar.
Como si fueras de gas,
como si de ti misma
estuviera detrás.
Y así,
te imagino en pesadillas.
Me das la espalda
y sé que te vas
cuando llegas
a la perpendicular.
La que coseca mi horizonte
y entonces,
te escapa silenciosa
en cuclillas.
Y aún pienso
que yo te podré hablar
y te podré oír.
Tú me podrás decir,

por tu experiencia maniobrar
y no me vas a preguntar,
¿Cómo puedo yo encontrar
a mí inocencia?
Esa doble expresión
de la conciencia.
La que me llena de pasión
y la que me borra el miedo
si te vislumbro en ocasión.
A esa que le daba vida
a mi alma en su fuga de ilusiones.
¡Qué rebosaba!
¡Oh blanco perfume de las lilas!
Todo, más allá de mis emociones.
Mis primeros días
y a las sorpresas,
aquellas que estaban ahí
y que yo no sabía, para mí había
en mi entender,
para responder
a las peticiones insensatas
del deseo.
Y poder decirte en imperativo
¡Qué, quiero ser tu amigo!
Tu simple amigo,
humano y desinteresado.
El que hay en mí
entre el espacio
y los 108 elementos
que componen mi cuerpo.
El que no ocupa
un lugar
más allá del hueco.
Que, no existe
entre mi carne,
mis órganos,
mi agua,

y mis huesos.
Y tú, sin el susto
de protegerte
de inhibirte.
A la vigilancia,
a la conmoción de tu ánimo,
al defenderte.
Y no crear un espacio
en la distancia
que separe
tu felicidad hoy
y la paz que habrá mañana.
En el pulido mármol
que te cubrirá.
Por los siglos
de los siglos.
Sin que antes,
en el aún oscuro
espacio de tu inocencia,
te confieses.
Sin temor
a que me juzgue
en lo recóndito
de tu alma.
Por admirarte fuera de mi presencia.
Y no encuentres el uso
del abogado.
¡El qué, desmorona tu ilusión!
¡El qué, mata tu paciencia!
¡El qué, martiriza tu conciencia!
¡El qué, juzga!
¡El qué, divulga!
¡El qué, ingrato te influencia
a fuerza de delincuencia!
¡El qué, se lleva la confusa línea
y la ultraja en la distancia!
La que, aunque lejos, coseca mi horizonte.

Más allá del sueño.
Más allá del tiempo.
Qué tengo para vivir.
Qué tengo para sonreír.
Y decirte que bella es tu alma.
Y más, cuando contrasta con la miel
de tus ojos y tu brillante cabellera.
Lejos de la rabia.
Más allá del bien.
Y donde no hay cólera,
ni pena callejera.
Allá donde la línea
que, cosecha mi horizonte
no se pierde más.
Porque estaré más allá de todo
y dentro de todo,
antes y después del tiempo,
fuera y dentro de la materia.
En mi espacio, que está más allá
del hilemorfismo aristotélico
y el sentimiento recóndito
de este largo verso.
Que tampoco existe
dentro de lo bélico
y no más que en lo abstracto
persistente del vacío.
Ese que en hondonadas,
nos van dejando las campanadas
de este largo sentir del verso.
Y donde bien irán a descansar
allá donde el hueso, tu carne y tu piel
huyan del acto impío.
Que rebosaría de negra hiel,
y no lejos de las amarguras,
las adversidades, los disgustos
sin alterar tu psiquis de clavel,
sin un grito de atrabilis.

Más bien, dejando en paz
tu corazón bañado en miel.
Donde hoy busco refugio.
Y si tú a mí me lo permites,
así con este subterfugio
un día entrar en él.

Aversión Abstracta a lo Feo

¿Qué ves? ¿Qué yo veo?
Solo una pantalla blanca
sin matices, indiferente.
Una persistente realidad
que me arrastra al otro lado,
al más allá, de lo que llamo ahora.
A donde todo es incógnito
y guardando una verdad
o varias que se entrelazarán
tras el rayo que se opaca
en el ocaso del ícono dorado.
Y que se traban, tejiéndose,
como criznejas que se caen,
para adornar la tabula rasa.
La misma que nació, más allá
del tropezón inédito de la garza
y su fábula. Ahí, en el mismo frente
del vidrio, sobre el que caminaba.
Ajena, transparente, mancillada,
flácido, buscando una carpa.
Qué en la vergüenza de sus ojos
estalló en mil pedazos.
Porque no soportaba ver galardonado
el deslucir y la feúra.
Entonces prefirió el suicidio a vivir
apegado a su aversión y a las cosas
desprovistas de hermosura.
Mucho menos a la desidia indiferente
y el recline de sus brazos.
Y aquellas luces que nos manda
la intriga abultada de un razonamiento.
Donde un editor sembró semillas
sobre surcos de letras que cabalgan
entre cejas y dejan que se escurran

en tus cienes, para nostálgicos propósitos.
Ahí también, apuntó el ojo del vidrio,
que ensalzaba el empuje de una escoba.
Y prefirió la expresión tácita de un beso,
trágicamente enamorado, para caer
en los ritos nupciales de una camba.
Qué guardaba dos siluetas, que portaban
el sentimiento de amor. Aquel, que
para siempre, en el rincón enamorados
desde donde a besos dulcemente se empujaban.
Labio a labio, arrastrados en un baile
gravitando sobre el suelo se besaban
dos amantes, Hombre y mujer
se atraían el uno hacia el otro y sus mieles,
que de amor parecía, como cera derretirse y
cayéndose de anhelos, les chorreaba
hasta humedecer el suelo.
Y el amor, para siempre destilando
delirios y fervor desde sus almas.
Sin razón, cimbrando parameaba
detrás del blanco nube de su velo
de hembra de hermosura alborotada.
Entre pecho y mejillas oyeron un silencio.
Luego, claro resonó un timbrar
y cuando el polvo de la calma levantado,
se hacía viento y jaraneaba,
una frase yo escuché, esa decía alborotada:
"¡Ama el amor enamorado!,
compañera, no ames lo feo".
"¡El amor, si es amor
es lo más bello, sino
ve y pregúntaselo a Orfeo!".

La Musa Que Me Trajo Orfeo

Si en mi vida yo te cuento
cuantos sueños yo he tenido,
no sabría de todo el tiempo
que hablaría yo aquí contigo.

Pero es hoy muy especial
un día mago y predilecto
y te contaré algo celestial
que vino a mí sin un defecto.

Era una tarde clara muy jovial
entró resucitando en mi un deseo,
mientras, en esa siesta matinal
vino a mí en coche el dios Orfeo.

Le dije hola, ¿qué haces tú aquí,
dios de la melodía y la poesía?
¡Desde el cielo azul yo a ti te vi
para traerle a tu pecho alegría!

Dijo: Esta será la musa de tus años.
Regocíjala en tu pensamiento sano,
envuélvele en tiernos blancos paños
de símiles y metáforas, para su mano.

Deséale una lluvia de gotas grandes,
enormes, como brillantes girasoles
y salpiquen su alcoba los flamboyanes
de impresiones que revivan tus amores.

Y así, se encaminaron las palabras,
se encontraron solas en el camino
y en mis deducciones yo amarrabas
luciérnagas, animadas por el vino.

Yo, naranja en vino navegando,
calentando mi alma y buena Fe.
En un rincón tibio iba soñando,
ya pensando en una taza de café.

Y el líquido rico, tibio y aromático
por mi garganta, mirándote, bajaba.
Y miré dos ónices, que emblemáticos
le lanzaban un flechazo a mi mirada.

Fueron tus ojos, entre tu cabellera,
raudo, pelo negro no amarrabas.
Y en caída libre, como chorrera
a tus negros ojos ella mojaba.

Corrían entre mis cienes
pensamientos de agua pura
y pregunté de donde viene
el gran candor y la ternura.

La que me atrapó en soliloquio
a hablar de ti con gran locura.
Yo pensé que era un obsequio,
un Ada entregándome dulzura.

Y mientras yo pensaba solo,
levanté mis ojos oblicuamente.
Vi unos que ardían de tal modo
que me quemaron inclemente.

Y desde dentro de su pecho
ardió un candil, arenga en fugas,
de florecitas, las que por acecho
eran una plantación de arrugas.

Que me cosquilleaban el corazón
en ebullición y por eso me reía yo.
Como flor musitándole a la pasión
y que en su gozo no se desmayó.

Como sólidas arenas en botellas
vivió y vivió con ella una eternidad,
conquistaron los cielos y estrellas.
Se hicieron pureza, amor y verdad.

04/02/2019

06/25/2017

Imperativo II
Idilio con la que me miraba
Con Ojos de Alas de Mariposa

Parte I

Tus ojos de alas de mariposa
pensantes,
parece subieron hasta mi imaginación,
he inesperadamente,
me montaron sobre ellos, como plumas
empujadas por la pasión.
Aquella que del viento, debajo de sus alas
a ti te acariciaba.
Y mansamente,
sobre tu lomo tierno y nerviosa,
en horcajadas,
a mí me llevaron al trópico
a buscar,
el calor de sus palabras.
Y mientras marchábamos
al galope,
yo para aprender quién eras tú,
te enseñe
quién eras yo.
Y utilicé
un subterfugio,
que del cielo a mí,
sin esperarlo, me cayó.
Y adopté,
la confianza anudada a ti
y me entregué,
como si fuera yo la intensidad
pueril
del trémulo movimiento de tus alas.

Como luz
nerviosa de la brisa encendida
de un candil.
Y era yo la ilusión del poeta enamorado,
que columpió
su fuego entre las ansias
del querer.
Y exacerbado de la llama que de él,
con magia,
enamorado, a ti en un poema te llevó.
Para ver
en tus ojos claros como limpios lagos
a tu ilusión.
En la transparencia; que también,
dejaban ver
diáfanos y coloridos trazos
de miel.
Como peces nadando en remolino
de adafina
y en un brillo transparente y sol
resina.
El reflejo de dos lunas doradas
y el crepúsculo,
de un blanco azucarado. El que cubría
de neblina,
los límites donde bellos pececillos
vivos,
cuál acuario nadaban suspendido
en tu retina.
Y vi que estaban reflejados en los míos
y eran espejo
viviente de un ámbar petrificado
en gelatina.
Quise atraparlos con mis labios,
mi avaricia,
y así supe, que desde ellos, me pediste
de mi mano una caricia.

Y me mostraron, como si en ti hubiera,
fiel doncella;
también, un mar de azúcar y miel,
que tu batías
con el trémulo andar de tus dos alas.
¡Ay, ay, ay!
¡Tus alas nerviosas!
¡Ay mariposa!
Y en el susto del parlante trepidar
tus dos ojos,
que ahora, eran mansos, en espera
de un vestigio.
Taciturnos cristales con vida
que operaban
mis movimientos con una sonrisa de luz
al pestañear.
Y yo, que al júbilo sabías que tu
lo ibas
con lágrimas de tu alegría
ha estañar.
Solo para que yo, en ti, despertando
ternura,
lo pudiera inofensivamente
besar.

Parte II

Ha esos labios que guardaban labios,
mis labios,
y fueron, tras de ellos, más allá del acento
tónico
y su tendencia solo perceptible
al aura.
Allá donde se escondía el sentimiento
agitado, parecido
al de un preso que camina a la muerte,
condenado.
Y ahí, quisieron besarlos.

En ellos sentí deseo de acentuar
los míos
y tú como si me trajeras entre yuntas
atrapado,
empujado por tus pistilos y tu polen,
rosa perfumada,
quisieron besarlos.
Yo era la antera y tú la estigma y rojos
mis deseos.
Y mi ilusión, un vestigio de imagen blanda
resignada.
Que me llevaban, como tus alas,
trémulos hacia ti,
sonriente, encarnada mariposa,
bella y endiosada.
Y que te apurabas hacia lo más alto,
lejos
y más allá de donde está mi alma
no dada.
En el preámbulo donde la noche
te enseñaba,
las estrellas, puestas en el colosal
espacio,
de donde los versos suelen llegar
en sueños.
Que ahora en este instante, así
de inmenso,
y después de ocho horas y tres
azúcares
para endiosar tu indulgente
café,
me había detenido a su lado
y te miré.
Y vi, que la que había sentado
sus delicados pies,
como si en fina capa
de silicio duro reflejada

en mi fe,
me había puesto a mí a pensar
y otra vez se fue.

Parte III

Y supe que fue ella,
sola la de la noche,
la del sueño, la doncella.
Simple por la ilusión, que por derroche,
inocente, de un tristón,
jubiloso caribeño descendió
en una lagrima por sus mejillas.
Me ofreció, entre el júbilo,
su pasión sin desdeño,
pero ya no estuve más
reflejado en su café.
Y sí en su mirada
porque, mis ojos vigorosos
en los de ella reposé.
Y le dije:
Yo sobrio de vergüenza,
sí era su práctica diaria escribir
y también, bajar a este café.
Y me dijo,
mientras endulzaba honorosa su café,
"así es". Y le vi, más bien leí,
otra sonrisa en sus labios carmesí.
Así, supe
que mi pregunta no le molestó.
Y creo, que a su oído
yo le murmuré,
más bien, me dije a mi;
que me gustaría exiliarme
en él amapola de sus mejillas
y pintar mi alma con el rojo
de sus labios carmesí.
Y con ellos y unas perlas,

que en su mirada tierna descubrí
al momento, en que desde su boca
dulcemente me mostró.
Ahí, de nuevo descubrí,
que ella, a mí me sonrió.
Y entonces fueron, para mí
las entonaciones de su voz.
Las que en su mirada tierna descubrí,
como un Ada, que a mi llegó,
cantando de su alma un frenesí.
Eran sonetos muy bellos,
bellos, he inmaculados fonemas,
expresados lejos,
y fuera de la trivialidad del tiempo.
Así, quedó sin estrés en el camino,
supo cuál era su diáfano destino,
y sin proponérmelo, me dijo adiós.
Yo al otro lado, mis ojos extendí
y entonces, me dije a mí,
a esta mariposa galante
hoy de suerte la conocí
y no sé el nombre que me dio.

En La Proa De Una Pesadilla

Ese Epicúreo y enigmático
subterfugio que presentaba
no era una señal de duelo.
En vez, hay del placer
una desleal convicción a sus vivencias.
Por eso hoy me vestí de Ángel,
me puse entre dos livianas alas.
Blanco fue mi vestido
y en el pecho me quedaba
aún, un vacío sin aire.
Un silencio me asfixiaba.
Un silencio sepulcral sin timbre.
Y más allá muy dentro,
con mi alma ya muy helada.
Quise encender un candil,
para calentarme
y ver que era lo que pasaba.
De repente te recordé
y te puse sobre la noche
de la pequeña mesa enamorada.
Al lado de tu pasado y junto al mío.
Entonces, quise editar mi pasado.
Sonámbulo escudriñé las cavidades
de los complejos pensamientos,
que se recrearon bajo el manto
de nuestro efímero entendimiento.
¿Por qué ayer sí y por qué no hoy?
¿Por qué ayer yo te entendí
y fui a fin a tus sentidos?
Hoy me fui por tu nombre, no lo compuse,
pero también fui a buscarlo en el pasado.
Arrastré penas y mi blanco
espuma de añil me limpió
la piel y del alma me enseñó
las frescas cicatrices

y el velo blanco almidonado.
Ese, que un día bajó por delante
de tu cara, entre granas y matices
y un tímido rubor enamorado.
Entonces me dije a mi,
hoy es el mejor día para brindar.
Brindar por el azul profundo del mar
con un vino fecundo, rojo carmesí.
Poner mi vista hacia el icono dorado,
más allá
de donde se ensombrece el horizonte.
Ese por donde comienzan a quitarse
las tinieblas y a todos de apoco nos calienta.
El que transforma mi sentir en éxtasi.
Cuando sobre tu cuerpo había solo
de oscuridad una vestimenta.

Poesía en Pi
Gritos, Lamentos y Sollozos

I

Si un día llegas, o sales
tempranito en la mañana
y vez algo blanco, que era
como el tejido de una tela de araña.
No te asuste, no te alarme es un juego de palabras.
Quise de tu alma enamorarme. ¡Quise vivirte vida!
Y hoy, mientras mis esquemas
tú descuadras, desnudándote,
yo sigo componiendo estas palabras.

II

Qué tristeza, que solo me dejaste en este vuelo.
Como puedo yo decirte que mi soledad fue sola.
Tan sola como una silla vacía, sin nadie, sin cielo,
en el desierto inmenso de la soledad ingrata.
De una vela alta que ardió sola, sola, sola.
Y su llama fue tan alta, que del cielo encendía
las calderas y estallaron los truenos y relámpagos
y descendieron lágrimas, como cera derretida,
en forma de poesía.
Que dolor, que aún yo puedo presentir
el desafuero de tu amor, mutilado por el insensato
desplacer de una envidia crónica cobarde.
Que te prometió la silla sin decirte,
que de su lado estaba vacía y sin querer.
Y fue tan solo un balde de sollozos, lacrimatorio,
donde se vaciaron tus ansias aún tibias.
Donde quise yo, también dejar los poemas de mí ayer.
Aquellos que no supieron más que del aliento,
de un alma poética enamorada.
¡Ay qué pena, que me cortó las alas!

III

¡Oh vida, ingrata vida!
¿Por qué no me mataste el día aquel,
cuando me caí en el puente,
me despedazaste el rostro,
y desollaste hasta mi piel?
Y me hizo gusano al fin y ella, así mismo,
se hizo más pobre y desdichada.
¡Oh vida por qué te empeñas
en matar aquellos, que por el bien,
usan su cuerpo de escudo sin destellos!
Oh bien, ¡hasta de espada!, para salvar
sin decir por qué, o a quién por nada.

IV

¡Ay qué pena que, me corto las alas!
¡Qué desasosiego! ¡Qué poca la quietud!
¡Qué alma adolorida! ¡Qué desilusión!
¡Qué malquerencia, impura! ¡Arrepentida!
¡Qué vanidad tan desdeñosa!
¿Por qué dejaste vida hermosa,
tristemente, sin arreglo tu partida?
¡Oh tristeza vaga de una larga vida
que se fue en vano, cabizbaja,
engañada, triste, arrepentida!

V

Tu corazón aún me lleva,
a rastro, como una brújula.
Hacia tú norte y acentuado
en tu alma, me dice sí.
Sobria de novedades,
entre torcidas líneas
y sentimientos largos.
Aquellos, que no se acaban en el verso.
Que, no terminan en la gotera,
aunque sea dentro, muy dentro

o fuera de esa simple esfera,
copia sencilla del universo.
Que te reconstruyó en mí,
desde afuera y hacia el centro
de los círculos aleatorios
del placer de la poesía en pi.
¡Ay!, ¿qué sería del hombre?
Si su inspiración no fuera
grata, infinita fuerza
de amor constante y del alma,
el fuego de su caldera;
perfumando nuestras vidas
y de la historia, sus anales.
Destellando eternamente
versos, cual Π en sus eternos,
he infinitos decimales.

09/17/2011

Al Paisaje Desolado
Pino Verde

Verde seco que no existe,
altanero verde.
Si en la mente no persiste,
es que tu color no fragua.
En la mirada del que viste
o en el turbio sobre agua.
Altanero verde, simplista,
serías mejor encumbrado,
así, otra vez, tú seas pintado
por un Rembrandt
o un pincelazo puntillista.
¡Verde frígido, lozano!
Hojas santas, verdes, vivas
que enriquecen a mi vida
y enaltecen a mi mano.
¡Oh verde, verde, verde árbol!
Si de pintura nunca fueras,
del artista tú sería
más que una aventura.
Y más, de aquel árbol,
en el que tú no solo era
color fresco en la altura.
Fuera del folio y el pulmón
centro de nuestra cultura.
Pero de verde eres más.
Más que verde, verde, olivo,
verde, verde primavera.
Verde en tu copa verde
que si caes ya no es vivo.
Y no lloras a una tala,
ni al hacha del insano,
ni a su lágrima que brota,

de calor en el verano.
Como savia desde un ojo
que fallece por la cierra o el hacha
sin pedirlo, en la hora, mala hora.
¡Hacha tu lastimas a mis manos!
Árbol que al pervertido viento
ya ni frenas en bandadas.
Verde ya sin árbol, ¡muerte!
¡Vida! ¿Es ese el árbol sin verde?
O es el suelo empolvado,
pobre, sobrio, seco y agrietado.
¿Quién te pintará paisaje?
Si de diferentes tonos verdes
ya no será tú traje.
Y solo me imagino el color
sin hojas, verde árbol.
¿Y de mi hija, cuál será su viaje?
Sobre el seco suelo calvo
donde solo abunde el guaje.
Y no crece aún ni un caldo,
mucho menos, el lenguaje.
¡Verde pino!
¿Por qué yace tu talado?
Verde, en el piso
polvoriento y agrietado.
No me dejes te suplico
pino verde, no me dejes
en la grieta desolado.

02/14/2018

Huellas Perdidas de Paisajes
Ahogadas en Lamentos

I

¡Mira tu país!
¡Vívelo, visítalo, admíralo!
Descuaja tu ilusión,
más allá de la quimera.
En el avaro dilema
de ver una aurora quebrada
ante la sombra de una cordillera.
Dijo el hombre,
con un apoteósico discurso,
como abriendo por primera vez,
el vestido de su amada,
con sus labios por su cremallera.
Yo no dije nada
y consentí con timidez.
Porque era una ilusión vaga,
la que se defendía sin altivez.
Yo mejor me imaginé.
Que aquellas pseudo verdades,
mentiras de mercado,
había que enfrentarlas,
qué eran todas al revés.
Y le dije, que si esto no era nada
o simple fantasías demagogas,
o si el dolor era fingido. ¿Qué?
¿Qué se hacía con las presunciones
arrogantes de nuevas ideas en bogas?
Y sí, por esas perversas ilusiones
mi corazón estaba molido.
¿De qué coraje me estás hablando?
Si de la mariposa ya no hay crisálida.
Mas de la idea y la admiración

por un salto que chorrea lodo blando
solo de pena hay sensación.
¡Y bien! Le dije, me voy a desahogar.
Antes que yo muestre mi país
al extranjero, pasa por mi hogar.
Le mostraré razones
y por qué desaparece
sin saberlo nuestro lindo colibrí.

II

Yo vivía en una casa,
éramos ocho hermanos
y por todos los rincones
florecía la vida.
En cada reunión y en cada comida
nos dábamos las manos.
En su techo llovía ilusión.
Su patio era un jardín de frutas
con limoneros, naranjas, y zapotes.
Dulces, coloridos ¡Ay que sensación!
Mandarinas, mangos, y aguacates.
Que, cuando estos florecían,
era toda una fiesta de pasión.
¡Todo, todo era fragancia!
Un florero inmenso que llegaba
desde el alma hasta el corazón.
¡Todo, todo era primavera!
¡Qué bella ilusión!
Sembramos en su frente
Cedros, Robles y Caobas.
Con esos árboles crecimos.
Hasta que llegaron tiempos
cuando celebramos bodas.
En esa minúscula villa
ochos se casaron,
y entre jacintos y bataholas
multiplicaron la semilla.

Y aún somos el racimo,
aquel que maduró en la aurora.
He hicimos un buen vino
apropiado, nunca amodorrido.
Aunque el amor no nos faltó,
nos separó la silla.
Cambiamos de zapato,
nos trajo otro hogar,
adonde resguardar,
al nuevo vástago que anida.
Pero nos faltó otro amor,
uno que no supimos nunca.
¡Lo teníamos y aún no lo veíamos!
Aquel por el que hoy
yo tengo y sufro un dolor
que, me duele hasta la nuca.

III

Por no atender el colibrí.
El verde monte,
pino alto, agua clara,
limpia, limpia la chorrera,
y llena de amor que se sentía.
Que marginada aún me amaba.
Que cristalina en mis pies,
y en mi espalda se rodaba.
En mi pecho, sin un precio, ella caía.
¡Oh dulce barranco!
Plumas verdes barracas,
Ilusión del medio día.
Del vuelo que se despeñaba
desde las laderas rotas,
con tu verde y con tu brío,
sobre montañas despeinadas.
Cántanos otra vez tus bellas notas.
¡Barran-colí, barran-colí, barran-colí!
Y allá, más alto que en las piedras,

donde vive el grillo y su Cri-Cri.
Aquel que se extendía, día a día,
por las verdes cordilleras.
Si no puedes ya esconder tu vuelo
o confundirte con el verde,
eterno verde, verde de corazón,
verde del bosque o del río,
bello tu verde plumaje.
Déjalo que escape, y desde lejos
canta, y gime, y vuela, y revolotea.
Ese verde, el verde de tus plumas,
y esperanza, en apicalia,
entre montañas escarpadas.
Y si no tienes aquel cristal,
espejo de aguas claras,
revierte el bello vuelo
y enséñanos tu amar.
Para por la naturaleza
y su entereza toda, de puro amor
podamos un día quitar
las dudas y apartarnos del dolor.
Y ni me importa colibrí
sí en la montaña, en el llano,
o justo aquí, con suma fuerza,
se reeduque al hombre.
Y aprenda amar por siempre,
la vida, la naturaleza,
por instinto y por virtud.
Que si es su sobrenombre,
amarillo-verde-claro, déjale
bajo el verde de un Cocotal,
déjale, si así es mejor el hombre,
déjale, si así encuentra quietud.
Como si fuera de mi alma,
como si fuera mi último frenesí.
Antes de que yo me marche
de esta latitud y lejos de aquí.

IV

Por eso dile lo malo y feo
lo bello y bueno que hay aquí.
Díselo como lo vez.
¡Háblale, edúcalo!
Dile por qué tus plumas
son verdes colibrí.
Enséñale la vida como fue
y dile que no puedes seguir
como hoy la ves.
Enséñenle también el río
de agua azul contaminada.
Enséñenle la espuma estrangulando
al que lo mira y su mirada.
Enséñenle la isla desde dentro.
Muéstrenle los ríos ya muy secos,
y abundantes en excrementos.
Enséñenle los saltos y del rio
las tranquilas aguas del recodo
qué se mueren, como un cáncer
y se coagulan con el lodo.
Qué se agrietan sus peñascos
donde ya no hay ni algas,
ni musgos, ni sombras, ni helechos
bañados por el rocío y los chubascos
en sus barrancos solos, solo secos.
Puras rocas agrietadas,
desnudas y calizas,
donde yacen los lamentos
de los tristes juncos muertos.
Muertos ya sin vida, sin verde
y un sifón entre sus vísceras y cenizas.

V

¡Oh, Lúgubres cascadas!
Ya miré, ya, las observé
y vi que en sus riveras
no crecen las chinolas;
tampoco, laureles, aquellos
que marcaban tus senderos.
Las javillas y los nobles
robles blancos, que
crecían con tantos fueros.
Las ceibas y el samán.
¡Oh Samán! Árbol grande.
¿Cuántas veces, con otros cinco
amigos, yo quise abrazarte!
Y en tus troncos yo jugué
con tus rosadas florecillas.
Cayendo en despeñaderos
anunciando que se iban.
Y sí, se iban sin dejar
sombra en los senderos.
Y ni se diga ya del pomo.
No veo el jugoso amarillo
en sus ramas con horquillas.
Y labiales, rojizos que teñían
kilómetros de rocas,
para vestir de color
inmaculado sus orillas.
Y desde lejos toda su aureola
¡Oh pomo!
¡Ícono de la fragancia!
¿Dónde estás?
¿Será qué ese ya murió?
Aquel que la suerte,
a nuestras manos ignominiosas
su fragancia abandonó.
De aquí solo las hieles
que su ida nos dejó.

¿Y su alma? Su alma ha quedado sola.
Sola su fragancia no se esparce,
para abejas y sus mieles.
Colibrí, barrancolí, te veo a leguas
ya no te pierde entre palmeras.
Por eso, enséñenle los parques
y los pinos mutilados
por el fuego, por las hachas.
No son bosques, no son verdes.
¡Qué han sobrevivido!
Eso es un milagro.
No son nada, nada
solo una quimera.
Sinos tristes y secos,
una mancha verde, que de manto
no hizo guayabera.

VI

Y dile que un día colibrí,
entre las mareas altas
y bajas en las playas,
yo entre otras cosas vi:
¡Una gaviota! ¡Una gaviota!
Que no supo ni el porqué
pidió una oración.
Mientras agonizaba en la arena
asfixiada por un pez.
Qué su muerte la ensayaba
envenenado con un plástico
que, se le cruzó entre sus agallas.
Así en el devenir, el ajetreo
y el chubasco de las olas,
vi que el ave en soliloquio
se moría, triste y taciturna.
Sola, sola, ella se moría sola.
Y me hizo escribir esquelas
porque vi, que de ella,

tristemente, era su turno.
Pesadumbrosos graznidos
se oyeron, como quejas afligidas
y mientras aún estaba erguida,
la gaviota vomitaba,
la gaviota maldecía,
la gaviota se moría.
Y no sabía el porqué
teniendo alas, sin remedio
en el lodo, triste ella se hundía.

Un día de abril, 2015

Perro Manso, Gris

Yo tenía un perro,
que caminó entre piedras.
Que maulló escondido
entre las espesas hiedras.
Lánguido de paso,
marcado y cabizbajo
era mi perro manso.
Yo tenía un perro,
que escuchó murmullos,
ruidos de sirenas y un motor.
Y del sutil canto de grillos
tubo pena y un dolor.
Que caminó en praderas
y también, pisó la cinta
de la larga tal vía negra.
Que la civilización nos pinta,
bajo lluvia y cuando nieva.
Caminaba manso el perro,
que renunció a su amo,
y en el vecindario
nunca más se oyó.
Que grasiento
revolucionó su ego
y de la ciudad
contaminada se alejó.
Yo tenía un perro,
Gris, que casi ciego,
nunca nos dio miedo.
Que solía volver ayer
y ya, nunca más, volvió.

LA

AFONÍA DE LA DESESPERANZA

Y

OTROS POEMAS

LA AFONÍA DE LA DESESPERANZA

El ahora no es para siempre y no es perfecto.
Porque contradice la esperanza, es presente.
Su dinamismo estriba en la subjetividad inherente
de lo alcanzable en el mañana.

Dónde Radica la Afonía de la Desesperanza.

En la vida encontré que toda esperanza es afónica.
Que cuando aparece o surge un deseó a partir de un específico estado de ánimo y se presenta en la esfera de lo que podría ser tangible, pero posiblemente inalcanzable, en nuestro consciente, comienza a ser aleatorio, pues maquinamos, pensamos… ¿Cómo podemos obtenerlo o lograrlo?

Creamos varias hipótesis, como si lanzáramos un par de dados sobre una mesa, para ver cual nos podría dar la mejor respuesta. O como lanzamos la red, para ver si atrapamos algún pez. Así, apostando, nos nace y crece el deseo de obtener algo, de recibirlo, de hacerlo realidad en nosotros. De encontrarlo y un día, satisfacer eso, como una necesidad que se nos otorga o nos otorgamos. Todo ese proceso es la esperanza.

Con frecuencia, aunque no estemos preparados, para recibir lo que se desea; decimos, sin enmudecer: ¡Aún tengo esperanza!
Sin embargo, es la esperanza una virtud innata de nuestra existencia. La que es amplificada por los cánones teológicos relacionados a los ofrecimientos. Aquellos, que un día, nadie sabe cuándo, lo recibiremos y que podrían tanto venir de dios, como de la vida misma o fruto de nuestro trabajo o esfuerzo.

También, la esperanza aparece como el deseo de pago de deudas y promesas convenidas con personas en ciertos momentos de la vida. Pero, es más en la esperanza de amor mutuo, entre dos seres humanos, donde lo metafísico del ofrecimiento tiene el efecto mayor. En la promesa de dar y recibir amor es donde la subjetividad es más inherente al sentimiento de esperanza.

Pues es ahí, donde estriba el ánimo de sobrevivencia de la especie y por contradicción, donde más está ligada a la espera, a lo que no se tiene ahora, a lo que vendrá en el mañana o recibiremos en el futuro. Como el feto que está en el vientre de la madre que crece, y se espera, que como niño un día nazca.

En el amor, ese futuro, es casi el ahora, pero; también, el momento que se podría extender hasta la muerte, dependiendo de lo lento o rápido que la esperanza, convertida en elemento tangible, llegue.

Y como la esperanza es una virtud y el hombre no muere en el presente, sino que se prepara para la muerte en el futuro, cabe decir, hoy no muero, mañana sí. Por tanto, la desesperanza es una improbabilidad de que algo suceda por virtud, por deseo, o porque así, se ha planeado.

Cuando las personas ven esa luz de la esperanza apagarse, callan, silencian hasta su mirada, se nublan, enmudecen, se acongojan, lloran en silencio sus lágrimas, por que la mayor parte de las veces, si son de amor; también, terminan en luto. Así, se hacen afónicas.

Pero para esas personas, aquellas, que aunque enlutadas siguen vivas, lo más grandioso que hay en sus deseos de seguir viviendo es, que en su subconsciente, ellos continúan pariendo brotes de ilusión. Y esas imágenes, en vez de salir hacia afuera de su yo propio, descienden hacia el interior de sus almas. Entonces, comienza un proceso de expresión mudo, afónico.

Ese es aquel, que independientemente de que la persona lo quiera o no, termina fluyendo como una fuente de inspiración, como cumplimiento atractivo, más allá de una simple complacencia que se forma a partir de los hilos rotos, y que otra vez, se van uniendo como ideas, para rehacer una nueva beta, por donde pasará, de nuevo, la esperanza.

He aquí la razón del título de estos poemas que les presento a continuación y que concluyen con La Carta Mistral, el poema más largo de todo el libro. Ojalá, de todo amor, los siguientes poemas despierten en ustedes las mismas virtudes órficas que me inspiraron a escribirlos.

Enrique Anico Taveras

Afonía de la Desesperanza.
Afonía de un plebeyo

He visto cosas bellas en la tierra.
Aquellas que invariables, aún varían
la disposición y orden sin la guerra
y otras cosas, que son tuyas más que mías.
Y hasta he visto imprevistos
que se aprestan, allá en el borde
y aún, cayendo al fondo del abismo.
A cambiar lo feo por lo bello.
En lo duro del peñasco,
y en lo alto de la sierra.
También, dentro de la afonía silenciosa
del deseo de crecer de un plebeyo.
Y tanto he visto, que hasta he visto
multitudes de deseos.
Deseos, que permutan sus ansias en lo sublime,
para dejarlas, para siempre
en el alma y en el corazón del malo,
plantando en él lo bueno, como un sello.

¿Seré Yo Ese, El Que Quiero Ser?

Trató de recordarme
y no sé lo que hice hoy.
Trató de recordarte
y no sé lo que hice ayer.
Trató de recordarle,
para saber quién soy.
Trató de recordarme
y entender mí no saber.
Y si ahora digo, que me recuerdo,
es para consolarme.
Que hoy no soy, ni seré
el mismo de ayer.
Que hoy ya yo cambié
y el cambio me hace feliz.
Que lo percibo con altivez,
y aunque solo sea un desliz,
no me llena de pavor.
Qué si logro entenderme yo
después de variar el telón
y del alma los bastidores,
no importa la alteración.
¡Sabré vivir ya sin temores!
Porque si logró saber quién soy
mientras, aquí yo aun sigo vivo
y conociendo con quien voy,
el cambio me hace feliz
y vivo más satisfecho,
en este mundo en que estoy.

¿Quiénes son esos?

¿Quiénes son esos, aquellos
los qué le hacen una pantomima
al verso, a la palabra?
Procurando en sus aspiraciones,
bambolear en la fama.
¿Qué acción útil a la vida,
a la naturaleza, a la existencia misma,
de ellos buscan?
Porqué recorrer en círculos
con plegarias de campanadas
exageradas, que en vez
de doblar en extensas notas,
han de mutilar la tradición,
y las campanas.
Lo sutil onomatopéyico del tilín,
tilán, talán, tolón, din, don, dan
y madrugar de las campanadas.
¿Alguna vez tu oíste decir?
¡Qué no por mucho madrugar
amanecerá más temprano!
Tal vez, pueda pintar más claro,
un sol, imaginando tus mañanas,
y disfrutarlos solo en los veranos.

10/25/2018

Si alguna vez espina alguna pinchó a tus dedos,
sé que pensaste en el pinchazo y no en la espina.
Lo desagradable del dolor, que tu sentiste,
desapareció al curarte de tus miedos.
Y lo agradable, fue la esperanza que tuviste
de que un día, a ellos les nacerían flores y no hieles.

Dulces Notas Para
La Flor de Octavia

Miré tu flor
y vi tu virtud,
Supe el color
y la magnitud.
De tu alma el vigor
con que entregas
todo tu amor.
Supe también
qué hay corazón
y manos benditas,
con mucha sazón
para cosas bonitas.
También me inspiraron
esas, tus manos
heridas, quizás,
por tantas espinas,
que a ellas pincharon.
Pero del amor
que, a esa flor entregaron
sé, fue miel y color.
Que a tus manos
jamás desangraron.

09/30/2019

Cosas Otoñales

Será que esas flores casi marchitas,
de otoño les ponen triste.
Son medias de pétalos y no rígidas
en coloridos.
Pero las hojas ¡Ay, mi madre!
les recuerdan que ya pronto
necesita abrigo.
Y de la miel, que a las hojas
sus colores asemejan,
con esas sí, nos podemos entretener.
De verdes y puras esmeraldas,
se convirtieron en rojos ladrillos
que al suelo un abrigo y ornamento
les van ellas a tender.
Y del suelo, que ya nada
de su vientre ella esperaba.
Vi que desde el colchón
de hojas enladrilladas
un rocío incesante, escapando,
escurriese desde un vapor que emanaba.
Eran gotas y gotas de melancolía,
que como agua cristalina
su alma, sus mejillas y
su pecho empapaba.
Y así, el otoño, para hablarle…
A ella, me inspiraba,
le inspiraba…

Lo Que Yo Aré (Yo Aré Lo Que pude)

Sé que donde tú estás
yo nunca llegaré,
pero vida no me faltará
para mirar hacia atrás
y ver todo
lo que con ingenuidad
con estos bueyes yo aré.
Y como no tengo otros,
seguir arando es todo
lo que hasta el final de esta
larga y apremiada vida yo haré.
Qué si vivo o muero
o se rompe el alma
en busca del sueño.
Aquel, que yo tanto anhelo
y aunque no alcance
lo que yo más quiero
solo habrá alegría,
he intención sin miedo.
Porque yo viví
y también soñé.
Pero tú, si tu no vives, alma mía
en lo intangible
de mi muerte eterna.
No será la gloria,
tampoco, será esa la pena
de aquellos que aún vivo
siguen la memoria.
Sino el surco abierto
de aquello que yo aré.
Que, aunque borrado,
con árboles a sus pies,
les mostrará la historia
de todo cuanto aré.

07/17/2019

Un día me pidieron que escribiera lo que contaba; entonces, con chubascos de amor y una historia que me bajó del alma y desde los fríos rincones donde se acurrucaban en mi cerebro, me comenzaron a bajar las palabras. Las que comencé a organizar en un órfico monólogo, que al mismo tiempo, expresara el deseo inherente de halagar de un ser humano y el colorido matizado de un erotismo poético. Así, intentar llenar aquellos vacíos sentimentales, que con los grandes cambios técnicos, y por introducción de nueva máquinas y ordenadores se han ido quedando en nuestras almas, cual lagos resecos y agrietados y que, como a esa parte de la cera que queda sin melar, allá dentro, donde nos olvidamos se encuentran los colmeneros de nuestras almas. Yo escribí la palabra alagarte, luego, corregí y reescribí halagarte. Pero el halago estaba ahí, intangible, solo, seco, casi muerto, poquito, sin sustancia. Entonces una voz que me hablaba y resonaba en mi celebro, como un eco de expresión de virtudes poéticas no expresadas, me dijo, "alagarte es la palabra, llena el vacío con lagos de amor." No sé quién fue, pero le escribí estos cortos poemas de agradecimiento.

¡Alagarte!

¡Gracias!
Ahora les debo un paquetón
de versos y consonantes,
que se chocan en tumultos
de vocales delirantes.
Ya encontraré una bella forma
de hacérselos llegar.
Pero mientras se sazonan,
vaya usted leyendo estos, que
a mi alma simple se asoman.
Cual ojo entre rendijas
a un bello rayo
de luz al despertar.

Versos para un Libro

Cuando lean este libro,
sencillo, como la llama
de una lámpara,
se estampará en tu alma su luz de amor.
De tu espíritu, los lagos,
que resecos de sensibilidad estaban,
con chubascos,
los rebosará el candor.
¡Ya no estarán vacíos!
¡Radiantes de amor se quedarán!
Impregnados por los rayos de sol
y los frescos, y mil colores
revivirán en tu ilusión.
Y el purpura, en el crepúsculo,
te dirá del esplendor.
Aquel que ha llegado a tu corazón.
Mostrando, con sus latidos, el músculo
arrebatado de pasión.
Y dirás:
Hoy me he llenado de amor,
cual agua cristalina, pura
y transparente llena los lagos.
¡Hoy, yo me he alagado!

Déjame Vivir en ti. Verdad

Quiero encarnarme con tu alma
en el umbral de un, ¡te quiero!.
Desnudar mis deseos en calma
y desenmordazarte de tu miedo.
Enroscándome en tu cuello
yo quisiera, yo quisiera.
Y mientras, la retuerce el viento,
enlutarme en tu cabellera.
Hacer que las ráfagas,
me quiten el aliento
y me hagan un traje pesado
de humedad.
Para compartir contigo,
aunque de noche,
en tu lecho de claridad.
Pero más azul que morado,
para ver yo en ti, lo que dentro
mora en la verdad.
Y cómo si de las pupilas
en tus ojos,
yo fuera el centro,
así, luz divina no dejarte,
cuando pasas por mí,
de ver jamás.
Y nunca tener una relación
solo casual contigo sino,
que para siempre sea eterna
y de respeto hacia ti, verdad.

La Carta Mistral

En un abrir y cerrar de ojos
quiso el amor,
como un velero,
llevar este pensamiento
más allá del Paraíso.
Y un cartero
que entre los muelles
triste vagaba.
Miró al suelo y vio esta nota,
la cual estaba
sola sobre el piso,
humedecida triste y abandonada.
Y una voz, que
a su corazón le hablaba,
animosa y dulce le dijo:
Recógela y llévala en tu conciencia.
Un día encontrarás su destinatario.
Pues el amor y la inocencia
del que escribió esa carta así lo quiso.
Y él guardó silencio y sin cerrar sus labios,
luego se dijo ¿qué es esto? Y apresto.
El cartero bajó su mano y la carta,
con cuidado, la recogió. Y una vez lo hizo,
esa carta sin leerla la puso en su alma y el papel,
sobre la que se escribió, en su bolsillo.
Y siguió deambulando el cartero
por los muelles y los cerros del Paraíso.
Y en una mañana de fin de agosto
mientras pensaba antes de ir a trabajar,
he iba permutando la brisa aguda
del frio que le pegaba
por el deseo eterno de un verano
o de sosiego primaveral,
a las orillas del pacífico

y las playas del litoral.
Este cartero tomó su abrigo,
se fue al trabajo, para currar.
Y caminando que caminaba,
llevando cartas, miró al mar.
Y vio un velero que se acercaba
lento y azul en su navegar.
Y sin pensarlo entró su mano
muy bien dispuesto, profundo en su bolsillo.
En busca de aquella carta.
Porque había en ella un azul de monte
que se le parecía aquel velero,
que muy lejano, solo veía en el horizonte.
Dos velas abiertas y amplias,
que como dos manos, se izaban
de puntas en el ancho mar.
Y la distancia de múltiples meridianos
que antes y ahora
de ese barco lo separaban,
aún siguen siendo las bayas
que aquella carta quiso brincar.
Y no importando, que para el amor
sea la distancia arma mortal.
Este cartero había decidido, sin más tardanza
la carta a su destinatario llevar.
Se fue a los cerros, bajó laderas,
y muy presto se vio a su casa llegar.
Abrió la puerta, entró a su rancho
y su mujer que estaba ahí,
con toda calma le preguntó:
¿qué haces aquí? Y entre sus emociones,
casi extasiado, le contestó.
Es que una carta muy importante
se me ha quedado guardada aquí.
Entró a la alcoba y con su llave
una gaveta que estaba al lado
justo a su cama, sin un percance, él la abrió.

Sacó una caja, pura madera,
y fragancia de cedro entero.
Se detuvo, la miró y con nostalgia,
sobre sus piernas él la colocó.
Como perdido en el pasado
buscando un punto ensimismado,
dio un suspiro, apretó sus labios,
y la tapa con mucho encanto,
detenido, una vez más, él observó.
Tenía dibujado un corazón
y una flecha de dos colores
qué penetraba desde su centro
hasta el mar profundo de su razón.
Y entre las plumas de esa flecha,
con dos cordones visibles, que les colgaban
en el extremo del dardo,
dibujado había con fuego una Aljaba.
Y en ella escrito, en quemado,
un poema en negro pardo.

Aljaba de Mí Carne, se llamaba.
Fijó su atención
y leyó del poema sus letras.
…Con plumillas de color,
y punta de ámbar claro
miel, matiz anaranjado
hacia la transparencia.
Detrás de esa seda, tus dos ojuelos
claros en efervescencia.
Con tus aromas a perfumes
natural y delicados.
Tú mirándome a los ojos,
como si yo fuera tu ventana.
Yo mirándote a los tuyos,
cómo viéndome en tu espejo.
Y una flecha que acomoda
en vez de golpear la diana.

Fue la que de tus ojos salió
y en el mismo medio de mi alma,
punzante, en lo más hondo se metió.
Convencido de que la podía sacar,
la dejé ahí, nunca pude y ahora,
sin ella yo no puedo caminar.

Al final lleno de emociones,
miró el corazón y se les encendieron,
como yerba seca en un verano,
de extremo calor sus pasiones.
En el corazón; también, decía tú y yo.
Y sintiendo el pasado entre sus venas
leyó el nombre de su amada esposa
como besándolo entre sus labios.
Dijo: ¡Anna que tiempos! Y suspiró
¡Ay!
Entonces abrió la caja, miró la carta
que azul, como el velero en la distancia,
entre sellos y sobre otras cosas el divisó.
Entonces muy delicado bajó sus dedos
y con cuidado, como a una niña la recogió.
Cerró la caja y a su gaveta la devolvió.
A su esposa él la abrazó, le dio un beso,
que fue tan grande que, en los cimientos
de su alma, sin esperarlo a ella tocó.
Contra él, ella su ingle apretó hasta que,
en lo más hondo de sus ovarios, lo sintió.
Y cual fuente que se desborda entre las bragas,
que debajo de su enagua ella vestía,
fluidos de amor entre sus piernas
entre fuertes temblores les chorreaban y corrían.
Y como el primer día, ella, en colores
de miles flores, en un arcoíris se revolvía.
Cual abigarrada paleta, he imaginaria de un pintor,
que con un beso, pinta mil alegrías
y los matices de un amor.

El cartero, trabajosamente de ella se separó,
tiempo no tenía y hacia la puerta,
no sin antes decir te amo
y de ella oír lo mismo, caminó.
Con un te amo, hasta la tarde, ella lo despedía.
Y él, como mozuelo, otra vez enamorado,
gracias a esa carta azul, con alegría,
y deseo de pronto volver, se marchó.
Ya en la calle, otra vez y en pleno día.
Desde los cerros y a gran altura
extendía su vista hacia el horizonte.
Buscaba el barco, aquel velero
de dobles y altas velas, que en lo azul
del mar profundo la carta le recordó.
Y en un punto no muy distante lejos,
allá en la costa, solo lo divisó.
Entonces caminó y caminó.
Bajando desde los cerros, cansado,
su mente se le nubló y en plena luz del día
para él se hizo de noche y se perdió.
Buscó perdido y el camino desvaneció
y una estrella, que con su luz
a él lo guiaba, el sendero le aclaró.
Y subió en ascensores
y por ellos; también, bajó.
Entonces sacó la carta, miró el sobre
y el velero azul en su mano le apareció.
Y azotó un viento mistral que a su cara
cansada le golpeó.
El cartero arreció en su marcha
mientras, en su mano, la carta miraba
tratando de descubrir una dirección.
Levantó su cabeza y al mirar de nuevo
el velero de su vista desapareció.
Se había esfumado de aquel punto azul
en el que por último le apareció.
Y vino un viento arremolinado, muy fuerte,

y su sombrero, de forma repentina,
de su cabeza, muy alto le levantó.
Quiso agarrarlo y de su mano, la carta
de azul profundo, se le escapó.
Voló muy lejos siguiendo el viento mistral.
Que, desde el noreste, tocando y revolviendo
árboles, impiadoso, más fuerte empezó azotar.
Se llevó la carta y por los cielos
ella, sin dirección voló, voló y voló.
El cartero miró atento hacia la dirección,
que en el cielo, tomó la carta.
Sintió un vacío triste, repentino
que le caminaba en su corazón.
Entonces tiró el bulto con sus otras cartas
y tras de ella corrió, corrió y corrió.
Y se perdía la carta
en las alturas del cielo azul, allá en lo divino
donde él nunca la alcanzó.
Y precipitado, siguiendo tras ella,
el cartero de correr nunca paró.
Moviéndose, mientras fijaba sus ojos
en la dirección que la misiva tomó.
Y ya sin verla más, sin saberlo,
llegó al final del camino.
Pero él, tras la carta, corriendo siguió.
Y en un hondo, profundo despeñadero,
desde la prominencia del fin del camino,
hasta allá, donde era más profunda la sima,
precipitado y arañando ribetes de rocas
hacia el fondo del precipicio,
sin nada que lo atajara, el cartero, rodó y rodó,
hacia el hueco interior, el cartero rodó.
Y en una piedra, casi en el fondo,
ya en el recodo y no lejos del mar
su espalda, con violencia se golpeó.
Y el cartero cesó de soñar.
El viento mistral dejó de azotar

La carta paró en su volar
y el velero en su navegar.
Un susto intuitivo le llegó al alma
de la mujer que en el rancho quedó.
Y una rama que el viento rompió
caía estrepitosa desde una palma.
Se asustó, puso su mano sobre su pecho.
Y mientras el cartero yacía boca arriba,
ella pensaba en lo bella que era la vida
y lo triste y melancólica en su guarida
rodeada por sombras de los helechos.
Se le rompieron cien huesos,
y añicos se le hizo su espina dorsal.
Pero en su cabeza nada sufrió.
Y el corazón aún latía en su pedestal.
Un coágulo de sangre en su boca,
lentamente, le apareció.
Y se dijo, hoy la muerte a mí no me toca
y entre sonrisas y dolor lo escupió.
Cayó la tarde y el crepúsculo tiñó el cielo
de diferentes sombreadas estelas multicolores.
Y los campos teñidos de blancos jazmines
les parecieron el velo y el luto de armiño
mientras tirado yacía en el suelo.
Pensó en la carta y en su querida esposa.
Entonces, sintió que se iba, que se dormía.
Y el cartero, a las dos, sin pensarlo las abandonó.
Y desde el cielo, lenta, como el velero
en lo azul perdido buscando un faro, ella
desde su naufragio, desnuda ya descendía.
El sobre azul ya había caído,
en un acantilado, lejos de donde quedó
el cartero sin conocimiento tirado.
Pero la carta flotó y flotó, en el aire ella flotó.
Y justo en un montículo de rotas rocas,
más debajo de donde él estaba, ahí descendió.
Y lenta, ayudada por la humedad,

y desde donde tenía sus bordes marcados,
desde ahí otra vez se dobló.
Marcados por sus aristas y papel biselado
su tinta íntegra y lúcida se guardó.
Y el velero de azul en el mar
con sus velas henchidas hacia la popa
volvió, ya casi oscuro, se apareció
y no cesaba de navegar.
Y la luna, que lenta se levantaba,
poniendo entre sombras y luz su andar.
Al cabo solo de un rato, lo convirtió
en negra silueta, que a los ojos se esfumaba.
Entonces, desde aquella alumbrada noche,
se oyó una voz, que con dulces ilusiones,
salía muy viva del mar.
Se decía, "a donde habrá ido este hombre,
a donde habrá ido a parar".
El cartero casi ya muerto, aún oía
y quiso a la voz, aunque sin fuerzas, llamar.
Se acomodó, para respirar profundo
y tomando una larga bocanada de aire,
cuando llevarla quiso al pulmón.
Sintió como si un redoblante, golpeado
con pedazos de huesos rotos,
le apagaran toda emoción.
Sintió un estruendoso dolor y otra vez,
por impulso, lento volvió y respiró.
Entonces gritó como pudo,
porque dentro, algo le pinchó el corazón.
El cartero era algo poeta
y entre su pena y terrible dolor
recordó algunos versos, que un día,
escribió producto del desamor.
Y empezó a recitarlos entre dientes,
mientras, de sangre en su lengua sentía
oxidado el terrible sabor.

Entre estas rocas estoy apenado.
Camino entre las piedras,
no me duelen los dedos,
y leo, en mi memoria, viejos poemas.
Hasta leí a Quevedo
sentado sobre altas peñas.
Y aún camino y veo,
que él del suelo se levanta;
mientras, casi en sus sesentas,
dice para su adentro:
"La vida es sueño,
tubo razón Calderón de la Barca."
¿Qué os admira del oxímoron?
¿Y de la vida, qué os espanta?
Si aún es el mismo sueño.
¡El que sueñas en las noches
y aquel
del que nunca te levantas!
Y yo camino y vuelvo a caminar
en la punta de mis pies.
Y así, andando en cuclillas,
a nadie despertar,
para que no me vean al revés.
Pero en mi largo recorrido,
yo no sé qué voy yo a encontrar.
Si sueño que yo sueño,
que más tarde que temprano,
para morir yo tengo que despertar.

Sin poder mover su cuerpo,
el cartero de desesperación agonizaba.
El deliraba de impaciencia y más que,
el golpe en la espalda, la angustia lo mataba.
Las voces no dejaban de oírse,
ecos, desde allá, arriba en la cima, lo llamaban.
Resonaban las voces que repicaban
en los rocosos recodos de las paredes húmedas,

aquellas que formaban el precipicio.
Y las olas en su incorpóreo tañido,
al pulverizar sus aguas en el chubasco,
por el golpe entre las peñas,
musicalizaban, en secuencias, al caer las aguas.
Y llevando el compás de los llamados
a su auxilio, le hablaban, calmando su oído
y quitándole sus penas.
Golpe de olas, cañoneo que estrella entre las rocas,
voces que vienen desde el cielo y desde el mar
hasta su alrededor ya lo calmaban.
Porque lo venían, desde lo oscuro, a buscar.
Era un bote de socorro, que en busca de él
y en las tinieblas ya andaba el litoral.
Frente a lo profundo de la sima,
no muy lejos de donde el afamado cartero,
cuidando una carta vino a parar.
Mientras sus dolores se incrementaban,
y que, como punzón agudo en su peritoneo, sentía,
él oía que las voces más se acercaban.
Y entre sus labios y en su adentro, más versos,
para darse fortaleza, el repetía.

No vivo pendiente de realidades,
que en mi vida, aún no se contemplan.
Pero sí, de la segura expectativa,
la cual en mi llevo, de todo lo que espero.
Y en la vertiginosa irrealidad eterna de un sueño,
la sombra y el eco de las palabras de un amigo,
a veces, nos despiertan para mostrarnos
que no estamos solos y que estamos vivos.
Y esa no es una expectativa.
Esa ocurre mientras de amor,
la llama de la vida, en mí, aún sigue viva.

Y buscando una pequeña tregua,
en el estridente chocar, sobre las húmedas
y frías rocas, de las olas en aquel lugar.
El capitán del vote, un corpulento marinero,
hombre de bien, conocedor de aquel lugar;
también, bombero, quién dirigía la búsqueda
y alumbrando con su linterna
dijo: "En esa roca, en el bajo de una ola,
veloces vamos a bajar".
Tres mujeres y cuatro hombres se pusieron de pie.
Y como haciendo equilibrio, del capitán
esperaron la orden, para acatarla como un revés.
Entonces, en la calma chicha, esa que da
la tumultuosa tempestad
del vaivén de las olas, en el roto segundo de silencio
donde hasta se apaga la oscuridad.
Se oyó una voz lenta, quejumbrosa y nostálgica.
Y entre ese delirio que venía del negro brillo
de las rocas en la oscuridad.
El capitán, queriendo que lo oiga el accidentado,
dio su orden y gritó, como un trueno, ¡salten yaaa!
Los sietes cayeron sobre las rocas
y todos con el chubasco, mojados
quedaron desde su cabeza hasta las botas.
En un instante se dispersaron para buscar
al cartero que yacía tirado con nueve costillas rotas.
El vio una luz de linterna llegar,
y oyó que le dijeron Felipe, cartero
ya descansa que te venimos a salvar.

El socorrista que primero lo vio,
entre heroica emoción, muy fuerte
y extenuado gritó.
¡Aquí, aquí, aquí está, el cartero está aquí!
Los demás socorristas se apresuraron,
tornándose hacia la dirección
de donde llegaba la impresionante voz

del primer socorrista que lo encontró.
Un segundo, apuntando su linterna hacia el suelo,
evitando no caerse mientras corría,
miró la carta sobre el montículo de piedras sueltas
y apurado, sin decir nada, la recogió.
El la dobló y la puso en su bolsillo
y ahí por días la olvidó.
El cartero fue levantado en camilla
y llevado al hospital.
En el trayecto había sufrido una pesadilla
sobre un pájaro, que le cantaba a su oído,
de violín, un dulce trinar.
Y así, escuchando esas notas,
llegó, dícese muerto, al hospital.
Rápido le tomaron sus signos vitales
y muerto lo declararon sin mucho examinar.
En la morgue aún en camilla,
junto otros, que ya no vivían,
bajo una sábana, de rojo manchada,
el cartero, no presto al tiempo, ahí tranquilo dormía.
Y pasados las cuatro de la mañana del otro día.
Un padre de la orden de los basilio,
haciendo una hora santa a los muertos congelados y fríos.
No se daba cuenta que, el cartero Felipe,
aún permanecía vivo y tibio.
Y su frisada piel, ya con granujos y erizada,
le abrían sus ojos y oídos
mientras lento se despertaba por el frío.

Y el cura de los basilio, que devoto, su oración
a los muertos les rezaba,
quedó mudo al oír una voz que sin fuerzas
entre sus labios a él le hablaba.
"¡Yo no estoy muerto!". Decía.
"Sáqueme usted de la morgue que me voy a congelar".
Y el cura que, del susto se le cortó la voz,
repentino dejó emocionado de rezar.

Y a los demás cuerpos, que tiesos
yacían ya sin vida, él les dejó de orar.
Con su mano derecha semi-abierta,
le hizo una cruz, como simbolizando despedida.
Entonces le quitó la manta al cartero,
y totalmente lo desarropa.
Ve su cara arañada por los golpes contra las rocas,
sangre seca y escarlata sobre su boca,
y decide su cuerpo santificar.
Pero el cartero abre sus ojos, y mientras
trata de tragar su propia saliva,
ya reseca y sintiendo que se ahoga
dice: "Parece que mi dios no me quiere a mi llevar".
"¡Señor Cura, llame al Doctor!".
Y el cura, aunque se embeleso, corrió la voz.
"Aquí hay un vivo, aquí hay un vivo
un bello hombre hijo De Dios".
Dos paramédicos se acercaron
luego una enfermera y por último un Doctor
y entre los cincos de esa, fría morgue,
a Felipe, el cartero, los sacaron.
Con cuidado su cara y cuerpo entero
de la sangre lo limpiaron.
Y una herida profunda, que llevaba en su cadera,
con devoto amor se la curaron.
Cuarenta y dos puntos a él le dieron.
Y una piedra filosa de la herida le sustrajeron.
Debajo de su ojo derecho,
otros puntos, para cerrar otra herida,
igual, con amor le dieron.
Y otra vez el cartero sus ojos cerró.
Le tomaron el pulso y también, sus latidos.
Pero supieron que el cansancio, la sangre perdida
y el agotamiento era lo que ahora lo había dormido.
Así el doctor lo curó
y por diecisiete horas más,
hasta el otro día, durmió.

Y el pájaro, que en su sueño,
en su subconsciente, como un violín le trinaba.
Con notas de un canto ameno,
a él, su alma apagada, le contentaba.
Y dormía y el cartero dormía, profundo dormía
como si estuviera en el sueño de invierno,
de una tierna ardilla rayada.
Y al otro día, en la mañana,
sintiendo reseca su garganta,
como un niño que pide en su catre de pie,
dijo, con la dulzura que se pide un vaso de agua a una nana.
"¡Denme agua mama, agua mama!".
¡El cartero deliraba!
Sentía tal sed que, era punzante acicate
pinchándole su piel al revés.
El cartero decía, denme agua,
"¡Denme agua, que me seco denme agua!".
"¡Ay, por amor, denme agua!".
Y entre la sed y el delirio que, a él lo embargaba.
El cartero dijo, más de una vez,
que la carta aún, él la veía en el aire
y como gaviota blanca volaba y volaba.
Y otra vez, él volvía a sentir mucha sed.
Y pedía, denme agua, denme agua.
Denme agua otra vez.
Decía, como si en su camilla llorara.
El cartero se debatía entre el delirio y la carta.

Su ilusión aún era alta, muy alta.
Al final del sueño tubo otras pesadillas.
Lágrimas suculentas de sus ojos le brotaban
deseosas de que una toalla las secara
antes de que les mojaran sus mejillas.
Y aunque, para el alma y la cara de su piel,
esas lágrimas eran un aliciente,
en su adentro, en su interior, presentaban otro matiz.
Sus sales le resecaban y le amargaban como hiel,

y alrededor de sus labios; también, le tostaban su nariz.
Y entonces gritaba otra vez,
"¡Denme agua!¡Coño, denme agua!".
"¡Qué allá veo el velero, allá en la distancia!".
"¿Es qué no lo ven?". "¡Denme agua!". "¡Y miren,
miren!, desde aquel punto, saliendo desde el alba".
Y la luz de la mañana
que entre rendijas se asomaba,
un ojo le pellizcaba.
Pero al entrar plena por la ventana
de la habitación en la que él estaba,
más lejos de su sueño, lo sacaba.
Lo despertaba el calor que debajo de su cuerpo,
por el sudor, también, él producía.
Las sábanas blancas que lo arropaban, él mojaba
y solo una herida, la de la cadera, le ardía.
Y aclaró y se hizo de mañana y muy claro el día.
Totalmente despertó, y miró por la ventana,
con sed, con dolor, casi petrificado, inmóvil.
Y pensó en las nueve costillas rotas, que le sumaban
al dolor sentimientos de pena y alegría.
Miró el azul templado del cielo, limpio sin brumas.
En el, tres rabos cortos de nubes se colgaban.
Tres gigantes gaviotas de blancas plumas de armiño,
sin cabezas y sin patas, sin pechos y sin negras plumas.
Eran lentas en sus vuelos,
eran tres enclaves de plata en lo azul del cielo,
que lucían blancas mantas, como espumas.
Allá, como si en lo azul inmenso,
viéndose unas a las otras,
entre ellas se miraban, al verse pasar.
Y fijos sus heridos ojos, mirando al cielo
y casi inmóvil, pero extasiado,
sobre la cama el cartero, se entretenía.
Todo un paisaje, en la inmensidad azul,
a través de la ventana, más allá de las tres nubes, el veía.
Luego, miró un pino, pino gigante, que de su verde,

y de lo que él ver no podía, le hablaba.
Entre un túnel de sombras de acículas, agujas vivas
y aquellas muertas que ya en el piso
las blancas arenas poco cubrían, miró un barco.
Era el velero, que aquel día, desde su cama,
en el hospital, en la distancia, navegando,
allá muy solo, ensimismado, el descubría.
Y el cartero entre la niebla del pino, de sombra verde,
color higüero, mirando tímido en si volvía.
Y el hospital, que anclado cerca del puerto estaba,
ahora era el pedestal que lo sostenía
en la mañana de su alumbrar.
Y de la carta que, aún se imaginaba en su volar,
se decía, a dónde la habrá llevado del viento el vendaval.
Ese poderoso remolino de viento mistral.
Entonces oyó un rechinar, que lento, le cosquilleó su oído.
Eran los rodajes y bisagras casi oxidadas
por el salitre, de la puerta de la habitación.
La que, poco a poco, en un ruido trémulo, se abría.
Trayéndole de vida, para él, una nueva sensación.
Y olvidándose de su descalabro, emocionado;
también, se olvidó de sus costillas rotas.
Al doblar el torso y mover su cara para ver,
el cartero sintió un dolor profundo,
como si dentro de él, en su mismo pecho,
de resina caliente, le cayeran grandes gotas.
Se acongojó y sintió en su pecho, al reponerse,
el craquelado sardónico de la tritura del cristal de azúcar
fundiéndose entre los dientes de la boca tímida de un niño,
y recordaba, que el dolor, se borra con el vino.
Mientras pujaba desde sus costillas rotas hasta
donde estaba su alma de blanco milo.
Como pudo, puso buena cara y se acomodó en la cama.
Para recibir el huésped, que en ese momento,
sin anunciarlo, a él lo visitaba.
Era su esposa Anna que lo visitaba por primera vez.
La reconoció, y ella, a prisa el paso, se acercó a la cama,

bajó su cara, y con cuidado y llena de exquisitez extendió,
como dos pétalos sus labios y calmada, en su boca, lo besó.
Hablaron del accidente, de la carta, de su amor,
de sus sueños, del velero, de su rancho
y de muchas cosas, que por meses no hablaban,
y hablaban de las heridas, las costillas rotas y su dolor.
Entonces, pasada la media mañana,
como si de los labios de su amada estuviera oyendo
la Serenata de Schubert, solo con notas, para un dulce violín
y rasgado, también, con dos dedos bajo una lluvia en abril.
Felipe el cartero se durmió y su amada esposa
le dio un beso, para despedirse, pero no se quería ir.
Y otra vez la puerta de la habitación se abrió.
Entró, con el sonido de las bisagras,
muy quieta una enfermera y detrás el médico.
Anna, con algo de apuro, a ellos se volvió.
Con lágrimas en sus ojos a ellos les habló.
Perdonen ya me voy, dijo la joven esposa.
"Pero, se detuvo, y les preguntó:
"¿Serían tan amable y decirme, sí ya saben,
cuándo le darán a mi esposo de alta?".
"El podrá irse en unos seis días". Dijo el doctor.
Le tendremos en observación porque una de las costillas,
de las que se le han roto, le ha pinchado el pulmón,
El doctor le recalcó, eso es cosa grave.
Entonces, la esposa del cartero más se afligió.
Y triste y pensativa sin decir más palabras se marchó.
Al salir de la habitación la esposa se quedó
con un nudo inflexible, tieso, atravesado en su garganta.
También, la pérdida momentánea de su voz.
Y en su cara, había parsimonia y circunspección de santa.
Algo mágico, extraordinario y sobrenatural de ella se adueñó.
Era un embeleso, que todo lo que de mujer tenía
en su alma, muy profundo, lo escondió.
Su mirada no miró y las pupilas de sus ojos
no apuntaban, no al objeto, que debía de evadir,
sino hacia el techo prudente y comedida.

Mientras, por el corredor del hospital se desplazaba,
también, hacia los ventanales de las habitaciones,
ella con su mirada se tornaba.
Y tan cuidadosa era que no tocaba una silla.
Parecía, que aunque hacia nada ponía sus ojos,
todo por instinto lo veía.
Y guiándose desde su interior, sin verlo,
todo, todo ella lo podía ver, y caminaba, y seguía.
Nada le estorbaba, porque, con nada, ella se chocaba.
Era algo así, como un embeleso consciente,
que desde su subconsciente, la guiaba.
Las enfermeras, el personal médico, la seguridad
la advertían, pero ella no tornaba su vista,
caminaba rápido siguiendo lo que buscaba.
Y dejaba en el que la veía, como de loca la impresión
y aun a esos, ella los evadía con espectacular precisión.
Entró a dos habitaciones y con sutil intuición
miro por las ventanas solo en una dirección.
Y su cabeza, sobre su cuello, holgada
entre un collar dorado y una efigie de Valentín,
sobre el cual, con brillo de estrella le colgaba.
No dejaba ver en su ánimo lo que era aquello,
que ese espíritu, sin mostrarlo a ella le granjeaba.
Se dirigía simple, como una sola combinación,
armoniosa de fibras musculares y nerviosas,
que agrupadas en su cuerpo, hacía de ella
un modelo de mujer exquisita y prodigiosa.
Ya casi al salir por la puerta central del hospital.
Ella, como grito de queja de alguien asustado,
un murmullo como enjuagándose los dientes, escuchó.
Fue un paciente a quien ella, como un has
de músculos vibratorios, sin tocarle, por su lado le pasó.
"Cuidado con esa mujer que parece que está loca."
Y repentina se detuvo, y hablándole, hacia él se tornó.
Deberías mejor, dijo, de poner una flor en tu boca.
Y el hombre de la impresión, al suelo, se desplomó.
Ya frente al haz de salida, una maciza y alta puerta,

que de vidrio oscuro y galvanizado
a un pedazo de verde roca plana se asemejaba;
ella no se detuvo, parecía como si se metiera
por un jardín de algas y helechos, mientras
se encontraba con el charol, que a ella la reflejaba.
Al acercarse y con la puerta, ella casi entrelazarse,
por su mente le pasaron mil agüeros.
Y ayudándose con su rodilla, al llegar, la abrió.
Ella salió, miró la claridad y sus ojos se internaron
en el azul del mar y vio, en el horizonte, el velero.
También, miraba hacia el cielo y se sentía triunfante.
Y vio un ave blanca sobre la que sus plumas volaba,
sin miedo, el aura del destello implícito, que salía
desde lo profundo de sus pupilas y por su mirada.
Y Anna miraba y miraba, extasiada,
ilusionada triunfante, ella miraba.
Y donde quiera que sus ojos ella tornaba,
del alma ella dejaba una partícula, germen encendido,
esbozo que de rojo estallaba, en la médula de su alma.
Y parecía, que un ángel, de esos que habitan
en el principio de todas las cosas,
dentro de ella, muy dentro de su ser la ocupaba.
Y el velero con su azul se acercaba, él se acercaba a sus ojos
con el vaho de las velas, que erguidas se izaban en lo azul
de aquel mar, henchidas por el viento, arrastrándolo a su antojo.
El velero hacia ella simplemente navegaba.
Y el ave, aquella que encima de ella volaba, tranquila;
en círculos coreográficos de ritos inadvertidos,
su color cambiaba.
Ella lo miraba, abstraída lo miraba y sumida,
en la intimidad inherente del amor a solas,
pensaba en su Felipe, él cartero, el que solo,
sin ella, convaleciente en la habitación ya le aguardaba.
Y en el imperativo de un transeúnte que apurado
al hospital, al parecer, se dirigía y al cual ella iba a chocar,
le dijo, "perdone señora, camine con cuidado."
Ella quitó la vista del ave y solo tubo chance de mirar

el negro y largo abrigo que vestía el cuerpo de aquel hombre
y cabeza de pelo blanco. El que rápido se había marchado
dejando una estela de misterios invisible a su lado.
Y cuando al ave, ella de nuevo se tornó,
de esta, un color azul zafiro
sobre sus alas fue todo lo que vio, y la contempló.
Y se fue deteniendo poco a poco en su marcha,
mientras, el ave dejó de volar en circulo, para ir en su vuelo
a la rama más poblada de aquel frondoso pino.
El mismo que el cartero, también, veía
abstraído y extasiado desde su ventana.
Y se preguntaba, si tanta belleza era solo imaginada
o era la carta, que transformada, desde ese árbol, le hablaba.
Pero no, él, de repente, se durmió y el pájaro fue su Anna.
Y así fue que le comenzó a cantar entre notas breves, y
semibreves, fusas y semifusas, corcheas y semicorcheas.
El pájaro extendió más su voz y cantó y cantó
un sonido celestial jamás escuchado por su oído.
Y la esposa se detuvo en su camino.
Y el cartero soñó, y soñó algo divino.
Y el pájaro mostró una beta del destino.
Y el velero más hacia la orilla navegó.
Y en la quietud intensa del pleno medio día,
estas palabras salieron dulcemente de una voz.
Con incalculable melodía
¡Oye carta mía!
¿Dónde tú estás?
¿Dímelo ahora por dónde tú vas?
¿Dónde está el triste rincón?
La página del libro que a ti te resguarda.
O aquel gastado bolsillo de aquel pantalón.
O la colorida falda de aquella mano
que confusa y tímida,
sin ella quererlo, a ti te recogió.
¿Cómo, entre los ojos
azules de aquel cangrejo,
mordida entre sus pinzas,

en la arena no lejos del puerto,
aquel que a ti, en busca de comida
probando te mordió?
¡Y valla este cangrejo
qué, con ochos patas, caminando,
al puerto fue y te llevó!
¿Dime carta, carta mía?
¿Dime, si no te perdiste?
¿Dime, si te guardaron?
¿Dime, si dentro de un armario?
¿Dime, si tiene espejo
y si hay ahí un destinatario?
¿Dime si también, sueñas?
¿Dime, dame un consejo,
con bellas y dulces letras
del tipo de las que aquel cangrejo,
en la playa con su mirada, leyó,
cuando tendida en la arena, a ti él te encontró?
Y sabiendo que lejos no podía ir
en el puerto, caminando, fue y te dejó.
¿Qué, le rompió el hilo?
Aquel que de momento lo conectaba
al pensar frugal y fecundo.
Al cartero, que en su mundo,
llevando cartas, caminando por aquel puerto
después que el cangrejo la dejó.
Y él, recogiéndola con su mano,
y extendiendo sus dedos con amor, se la llevó.
Que varios días después, al hospital
por accidente y por un honor a su labor
de cartero, a él por accidente, lo llevó.
De sí mismo volvió a saber, pero de aquella carta
de azul profundo, y que ya, fuera del sobre,
desnuda estaba, a su destinatario,
él aún no sabía, si ella llegó.
Y la esposa a su casa, callada, pensando en él,
y en el destino, que esa carta pudo correr,

ensimismada subiendo cerros, ella volvió.
Ya en el rancho se desvistió, se puso cómoda.
En batas muy de colores, un vaso de agua tomó
y frente a la ventana, espléndida
mirando al horizonte, pensativa se sentó.
Ella revivió el momento en que el hombre
de negro y largo abrigo, de pelo blanco,
por su lado, dejando una estela de misterios y color sanguina
parecido al polvo de oro rojo, por su mirada pasó.
Y ahora en su mecedora, tranquila y meditabunda pregunto se.
¿Por qué tan rápido, sin decir nada, aquel transeúnte
se había marchado dejando solo algo parecido a la luz divina?
¿O fue que la luz reflejada de un espejismo,
en algún polvillo color dorado, del suelo a mis ojos
aventaba el aire con un reflejo disperso,
para que yo viera algún lirismo?
Entonces, levantó su cara al horizonte, hacia donde se veía
el crisol de la luz reflejada en el azul del día.
Allá donde irradiaba, como si fuera agua que ardía
y su alma, la durmió cantando una melodía.

…Hay hojas, hojas que van
en el viento perdidas,
marcando las horas
que, para su naturaleza,
son desconocidas.
Sin embargo, a mis ojos,
ellas les dan vida.
Ya sean que vuelen, o estén
al suelo adheridas.
…Pero hay demoras,
que se adhieren al alma
y la espera indolente
que, te rinden mañana.
Y son esas horas,
aunque vuelen de espacio
que, te rompen la calma.

Pero hay hojas y horas
que caen despacio.
Y esas, depende de ti,
sí unas, las miras caer y las otras
las guardas, con amor, en tu cartapacio.

Y así, se pasó la tarde cantando y pensando
en su esposo el cartero, abnegada, esta mujer.
Él en su cama meditando sobre ella y la carta
cual, sí ceñidas tuvieran en su cabeza,
dos coronas grandes de laurel.

Nueve días pasaron hasta que el cartero a su casa volvió.
Por el camino, mientras iba en el coche, miró el prado
y su esposa por la carta, inocentemente, le preguntó,
¿Te acuerdas la carta azul que a la casa fui a buscar?
El no quería de eso hablar
y solo dijo, ella no tubo culpa,
pero fue la causa de mi mal;
entonces, pálido tornó su cara
y meditabundo miro al mar.
Ella no dijo nada, tácita era su expresión
y también, con extraordinario alborozo,
mirando hacia el mismo lado que su esposo,
no creía lo que acababa, como él, con sus ojos
en la distancia del horizonte, encontrar.
Era el velero, que más azul, en lo ancho del mar,
ahora navegaba con tres velas y una guirnalda
de múltiples colores izada en la punta del mástil.
Y en el coche una música, bien labrada,
que, entre cuerdas de violines sonaba, muy sutil.
De repente fue interrumpida, mientras el chofer
aún yendo por una calle paralelo al mar, manejaba,
y para mejor el radio oír, cambiaba, de súbito el carril.
Y se oyó decir, con voz melodiosa, locuaz, viva,
tan viva, como luz de candil, un desconocido locutor.
"Hoy fue dado de alta y acaba del hospital salir,

El Cartero que, en cumplimiento de su trabajo,
por accidente, cayó en la fosa del ojo negro,
de Cerro Blanco, la tarde del 27 de agosto."
"Aquel que solo por un milagro sobrevivió
que, en el hospital dado por muerto,
entre los muertos, en la morgue y un cura rezando
mientras casi congelado y titiritando, de la muerte resucitó."
"Y la carta que ya famosa a su lado
cuando agonizante por los contornos del desfiladero
al fondo, en el litoral de aquel hoyo se encontró."
Fue entregada por los socorristas
a la oficina de los correos
y leída por unos sofistas
dijeron, como poniéndole un sello.
"Esta misiva será llevada al museo nacional de literatura
para mostrarse al público como pieza de inigualable valor."
"Su contenido de un valor humano nunca visto,
es un grito de atrabilis y de extraordinario amor,
pero expresada con matices de inverosímil dolor."
"Cuenta las vicisitudes que pasó un padre
para poder mantener el amor por sus hijos."
"Qué desesperado en busca de las últimas rosas,
se lanzó y escapó al mar en su velero, fugitivo,
a descubrir donde descantar de su alma el furor."
"Y por último sacar de su vientre, y para siempre
las trémulas mariposas, aquellas que en su miedo furtivo
eran solo la pesadilla de un rabo largo de acertijo."
Mientras estas palabras sonaban,
desde los altoparlantes estereofónicos
localizados, en la parte interior de cada puerta,
del coche en que los dos esposos viajaban,
Anna se resguardó, profunda,
y presionó hacia atrás, hacia el asiento, ocupando
cada vacío del espacio, y circunspecta
y maternal miró hace el mar y la tristeza.
Por un segundo se olvidó de su Felipe.
El que mantenía hacia el mar del infinito

y el velero su mirada.
Y agarrado con dolor al cinturón, que puesto
cruzando su pecho y presionando las costillas lo llevaba.
Y el hombre que estaba al volante, grande abrió sus ojos,
porque de repente miró, que justo frente al coche, cuando
ya a una intersección llegaban, alguien se cruzaba.
Un hombre al cual, viniéndosele de bruces todo el carro
casi ya, insensiblemente, en la izquierda de su cuerpo, lo
chocaba. Felipe miró y en alusión a la carta dio,
de súbito, un grito y el conductor, del freno,
presionó el pedal hasta lo más hondo.
Pero su pie, hasta el tope presionando,
se perdía como si se escapara a lo profundo.
Se fue junto al grito, al vacío espantoso, he infinito.
Y oyó un estruendo de sonidos onomatopéyicos
que confundían se con el grito del cartero,
encadenado al desorden de un sonido exhausto y bélico.
De las llantas estallaron de súbito violentos chirridos,
mientras en el trance bélico del frenazo, desgastábanse
virutas que chispeaban entre el calor desprendido
de las gomas crepitantes sobre las piedrecitas
desnudas del asfalto.
Y el alma del cartero, la que por un hoyo,
en el rapto, una de sus costillas rotas le abrió,
hasta un ventrículo hondo del corazón.
Exprimida hacia afuera, de su cuerpo escapó.
Y producto de la reacción del freno sobre el cinturón,
presionada sin espacio donde estar, no volvió.
Ya fuera de su cuerpo, cuando el carro se detuvo,
sin ninguna impaciencia, muy tranquila, ella cruzó la ventanilla
y como pasajero que se quedaba en una última parada,
no muy lejos de la esquina, ella salió, silenciosa y en cuclillas.
Y para nunca más, por los que amaban al cartero, ella volvió.
Cruzó la calle, y hacia atrás nunca miró y caminó.
Mientras, Anna veía pasando frente al coche el pasado.
Y aquel hombre, que de negro y largo abrigo se vestía.
Pelo blanco, blanco de nieve, misterioso se había marchado,

dejando una estela invisible de misterios a su lado,
cuando hacia ocho días del hospital salió.
Y ella, entre el aturdimiento, a la figura con sus ojos siguió.
Pero el alma se fue y al otro lado cruzó y fue al mar.
Sobre unas rocas caminó y detrás de una ola
que sobre las rocas se estrelló, de sus ojos desapareció.
Y el velero que detrás de la ola estaba, claro en lo azul,
el cual sin tinieblas se veía, se hizo más grande desde su centro.
Y creció y creció en sus ojos el velero, él creció
como una nube blanca que se ensancha empujada por el viento.
A partir del centro de sus velas creció y se hizo nube.
Hasta que se confundió con otras en el cielo y se esfumó.
Y ella cuando en sí volvió, se tornó a su Felipe, el cartero.
Pero un llanto que se había petrificado entre una bocanada
de sangre en su boca, la que abierta se quedó,
con ojos estupefactos, violentos fue lo que ella de el vio.
El cuerpo de Felipe se resbaló y desde su pecho, tristemente,
con su boca abierta y de sangre llena,
como ofreciéndole un último empelotado ramillete de rosas,
con pétalos rojos carmesí, rodó hasta sus piernas.
Y su cabeza, boquiabierta, ya sin vida sobre ella descansó.
Ella lloró, lloró, precipitándosele las lágrimas, ella lloró y lloró.
Mientras lenta, muy lenta con sus manos llenas de caricias
de Felipe el cartero sus mejillas, en su arco agarró.
Acercó su cara y desconsolada poco a poco
esa boca con un beso la cerró.
Y en el noveno mes, después que lo enterraron,
pero esta vez, atado por barloas,
que de sus entrañas se amarraban,
miró al velero pequeñito que,
sobre su vientre, esta vez
húmedo en un mar de amor,
maternal en su espacio navegaba.
Y Anna, ahora con amor maternal
volvió llena de júbilo, a sentir la vida.
Y sin dejar de pensar en su Felipe
habiendo curado su honda herida.

Desde su alma profunda empezó a cantar.
Con el niño en pecho, atado, al tierno niple,
eréctil y cargado pezón y el bebé recién nacido,
por vez primera fue a lactar.
Y de allá sonaron las notas…

…Hay hojas, hojas que van
en el viento perdidas,
marcando las horas,
que, para su naturaleza,
son desconocidas.
Sin embargo, a mis ojos,
ellas les dan vida.
Ya sean que vuelen o estén
al suelo adheridas.
…Pero hay demoras,
que se adhieren al alma
y la espera indolente,
que te rinden mañana.
Y son esas horas,
aunque vuelen de espacio
que te rompen la calma.
Pero hay hojas y horas
que caen despacio.
Y esas, depende de ti,
sí unas, las miras caer y las otras
las guardas, con amor,
en lo hondo de tu cartapacio.

OTROS POEMAS

03/06/2019
Barloas Detrás Del Soñador

Hoy la poesía, por último,
se vistió de clara púrpura
con una manta de alegría.
Al amarillo tierno, anaranjado
se le abrían más sus ojos
y en ellos, moría el crepúsculo
de una elegía.
Y cayendo, como aura oscura que tiñe,
percibí un halo, sensación de un día
que ayer no me di cuenta,
solo en sueños conocía.
Escenas fantásticas, ardientes,
maravillas elevándose desde mis fantasías.
Parte de ellas me ataban al pasado.
Otras, eran quimeras de mi pasión.
Pero las del presente, que eran las más,
quise amarrarlas al mástil de mi alegría.
Y del viento obtener más empuje
así robustecer el mito de mi ilusión.
Pero tras la paz melancólica,
aureola trágica
y tempestuosa donde muere el lívido,
que van dejando los pensamientos.
También, ahí se alinean las emociones,
esas que van quedando atrás.
En los desorbitados sueños de un idealista.
Y del romántico, progenitor del arte,
que hace maromas con su pensamiento,
para cambiar el mundo y robarme un sentimiento.
Un voto que lo haga sentir
que el mundo no le venció

y que me cambió a mí.
Y hoy estoy anclado, fijado

y lleno de melancolías,
no muy lejos del muelle,
aquel, desde donde partió
el principio de su alegría.
Como barloas atan
a un barco de costado
o atrapado entre dos buques.
Al muelle contra el cual
apuntaba en guerra sus razones.
Y que ahora no le disparará,
ni aún, la bola de una bocanada
de humo del cigarrillo
de algún borracho marinero.
En su deseo de liberarse del aturdimiento
que le han dejado noventa días
y una noche en alta mar.
Cuando salía yo del mismo buque
del que fui timonel y delantal.
Aferrado a la rueda colosal
que da al sur, al norte,
a occidente y oriente.
Pero que solo y ciegamente sigue
la flecha que me guía al norte.
A la estrella polar, la que me acerca,
más allá de un grado, a la bóveda celeste.
Esa que da a tu alma, a tu respirar
y al centro de tu corazón.
En lo hondo de este mundo, en el que yo,
ya solo encuentro satisfacción espiritual.

02/14/2017
Encontremos Nuestro Valentín

¿Y Dónde Está La Amistad?

En la consagración de todos los que se aman.
En el deseo de todos los que se buscan.
En la alegría de todos los que se han encontrado.
En la ilusión de todos los que se desean
y aún no se han tocado.
En la infancia feliz de un gran sueño.
En el sueño que tuviste en tu infancia
de la niña que tocó a tu puerta
para decirte, que fueran a jugar
en compañía de otros niños o su perro.
O en el perro, que a tu puerta fue a buscarla.
Y se recostó en tu frente a esperarla.
Mientras tú, dentro del sueño, aún soñaba
con regalarle, un día, a ella una esmeralda.
En el beso que te dio tu madre,
o tu padre antes de dormirte.
En la canción de cuna en plenilunio
que de niña o niño te cantaron.
Y las notas que por siempre esperaron,
en aquella serenata, que con cuerdas te tocaron.
En el dulce que de infante te guardó
tu abuela, para cuando te bañaras,
o después de la comida o la cena.
En el pelotazo que te dio el abuelo.
O el chiste que el mismo te contó
y que te hizo doler hasta las tripas.
En el canto, en la luz y flor,
que de él tú te llevaste,
y que, con creces un día retornaste.
En el vaso de agua clara, que pusiste a tu santo

y en lo que tú a él ya le rezaste.
A tu antepasado, que estuvo y ya no está.
En la flor que te trajeron.
En la nota, que de un verso,
de un simple "Te Amo",
el cual, para dedicártela escribieron.
En el desayuno y los colores.
Que en el descifrado rojo
del tomate, del ají o una fresa,
te dijeron de su aroma, tus amores.
En la lágrima que habló;
también, de los dolores,
con elocuencia de discurso.
Y al silencio que reventó
la inocencia en el transcurso.
En el estridente aliento
de un te quiero, sí es sincero
y ha vencido hasta el tiempo.
En la nota que estás leyendo,
que para ti yo la escribí.
Mientras yo me voy creyendo
que tú eres el ángel dentro de mí.

¡Gracias, Más de una Vez!

Demos gracias al que escribe.
Al de todos, todavía, al periodista.
Al de siempre, a ese que no duerme
y contándonos una historia, nos aduerme.
Al que corrige, al que edita.
Al que sueña ser arpista
y tocar notas de candor al alma.
Sin pensar en que su imagen,
estará en una revista.
Al que le ensaya al escribir,
al ensayista y a su estilo personal.
Al que no vive ya oculto.
Al que pregona hoy la verdad
y no asolapa a la ingrata historia,
triste de su culto,
sin importar la tempestad.
Demos gracia al mustio soñador.
Aquel que emparentó las golondrinas,
para que sus sueños y palabras
se hicieran ecos, por lo menos,
en la concavidad del corchete de sus vuelos.
Allá donde la santidad anida
y mide el paso de la ilusión
al compás de las notas de un violín.
Manteniendo la castidad
aleatoria del concierto de notas
que revuelve la vida.
Demos gracias a la pureza del verso,
al que nos ha encaminado en la vida
hasta los confines de su ocaso.
Para llenar de imaginación las grietas.
Grietas que los años fueron dejando
en las tablillas, en los pergaminos
y en los papiros.

Que, en el lapso de la vida y antes del papel,
inspiraban nuestro paso.
Cual verso en un laurel y la brevedad de un suspiro.
Que me valí de ti y que te leí,
que aún, como estrofa vertida en un verso,
a ti te abrazo y el me aderezo.
Que quisiera ser todo lo que en ti tiene sentido.
Que yo; también, ensayo y otra vez yo te leí.
Y doy un grito, y me explico y aún no expiro.
¡Qué yo vivo, vivo y vivo!
Y me parece insólito que, me pasé tantos años,
lejos de estas bellas cosas, en algún lugar proscrito.
Pero ahora, ya que estamos vivos,
demos gracias a este grito,
lo que me libra del veneno,
A los periódicos, que se ocupan de la poesía.
¡A las poesías! Y sí, aquel misticismo
que se ocupa del periódico.
Cuando él canilla o voceador grita:
"¡Extra…Extra!".
De una buena noticia en la mañana.
A la pintura en la que se dijo
lo que se decía y lo que no se decía
cuando se hizo la pintura.
A las personas, los animales,
plantas, piedras que, por lo menos,
hacen su pequeña parte, sin tener dedos,
para no dejar que se evapore la inspiración.
Y a esa, la parte que pequeña,
es para nuestra imaginación
más de universo, que constelación.
¡Demos gracia, pura gracia!
Y para aquellos, que dentro de la mediocridad
aún se jactan de ser buenos,
y que sin quererlo nos alejan
de nuestra sana realidad.
A esos; también, demos gracias

sí en ellos no hay maldad.
Y al pito aquel que se sale de ultratumba,
con silbidos de ignorancia, en ciertas tardes.
Que, nos ciega, teniendo ojos en las penumbras.
Nos hacen sordos, teniendo oídos en el concierto.
Impedidos físicos, teniendo manos y siendo atletas.
Que nos impide nos ilumine la luz del sol.
Que nos limita, sin rejas, a vivir en el insólito,
indoloro pesar del desamor.
Que no nos deja condolernos de la ansiedad estridente
del amoroso, aquel que no puede ver la luna.
Porque solo le alcanza el tiempo, para amar,
he imaginarla en sus sueños.
No como astro que deslumbra,
sino como niña, que a su cuna,
en las noches ella se acuña.
Mientras, por las brechas
de los cerrados ventanales,
un rayito de su tenue luz toca sus pupilas.
Y entre su inconsciencia abre un ojo,
que le sirve como celador del cociente,
imaginario de su vida.
Que a él le dará valor y lo pondrá
más allá del borde del pesar del sueño
de un mendigante soñoliento,
a quien legó, cuando era niño, su rayuela.
¡A ese, demos gracia!
Al paciente con nostalgia diluida
entre sus lágrimas de brumas y tres miedos,
que llevaba, desde tiempos muy remotos,
en el balbuceante subconsciente de su vida.
Aquel que ahogado entre chirridos y tarantines
había heredado desde antaño.

02/15/2019

Intento de Atrapar Golondrinas

¡Mira! ¡Están de gorja las Golondrinas!
¡Ellas son tan bellas, haciéndole gracia al cielo oteado!
¡Qué embeleso! ¡Qué ojos extasiados!
Las miro desde dentro de la concavidad de sus corchetes.
¿Quién las trajo a este cielo? Preguntaba yo.
¿Por qué a las palmas canas vuelven con tanto amor?
¡Vamos a atrapar golondrinas, en alto timbre, decías vos!
Y tu ingenuidad se hacía mil ecos, llenos de candor.

Él nos hablaba del sonido de los truenos;
mientras, tú preparabas los pequeños conos
de robles, que eran los más duros y buenos.
Yo con la tijera el papel cortaba
en forma de aro y sin sus contornos.
Eran panfletillos, y eran mudos, nada decían,
guirnaldas blancas, que en el viento se nos perdían.

Los paquetitos en forma de aros, ya recortados,
unos cuantos, cortitos conos, muy bien labrados
y a la sabana, con nuestros sueños, muy bien pulidos,
y exaltados; entonces, nos encaminábamos.
Pasión de niños, papelillos en mano, los conos dentro,
y alto al aire, con mucho brío, los lanzábamos.
Mirando al cielo y contra el viento los azuzábamos.
Hacia donde zumbaban con sus vuelos las golondrinas.

Y allá, arriba, en algún momento, como manada
de maripositas blancas se deshacían.
El cono, médula de nuestros sueños, se escabullía.
Solo bajaba al suelo, golpeando un sonido seco.
Y a nuestros pies nada decía de las golondrinas.
Pero la hoja de la palma, en abanico levantaba un fleco
cuando llegaba a su nido, desde el aire una danzarina.

Y entre los pliegues ya secos y puntiagudos,
desde siempre, sabíamos, se guardaba la inocencia,
de pequeños seres que nunca vimos a ojos desnudos,
y que jamás sus vuelos temieron a nuestra presencia.
Eran dos, tres, cinco, diez, mil y más golondrinas.
Las vimos lanzarse, cortando en picada hacia el abismo.
Cremalleras en vuelo, que del cielo habrían los contornos
haciendo figuras de inspiración, para un bello lirismo.

Yo no dije nada y tú, luego callaste en contemplación.
Mirando más allá del vuelo de las oscuras avecillas,
como espejo en tu frente, se miró el estío.
Y como si te inspirara en algo profundo, en tus ojos vi,
que otra vez, se lanzaban las golondrinas al vacío.
¿Quién las trajo a este cielo? Preguntaba yo.
¿Por qué a las palmas vuelven con tanto amor?
¡Vamos a atrapar golondrinas, en alto timbre, decías vos!
Y tú ingenuidad se hacía mil ecos, llenos de candor.

Entonces me diste de roble un cono.
Lo entré en un aro pequeño de papel.
Miré hacia arriba y al aire lo lancé.
En aquel intento, no atrapamos golondrinas,
pero sí cosas, que hoy son partes del ayer.

ENRIQUE ANICO TAVERAS